온 세상에 연대와 협력,

사랑의 씨앗을 뿌린다면

더봄 시선 02

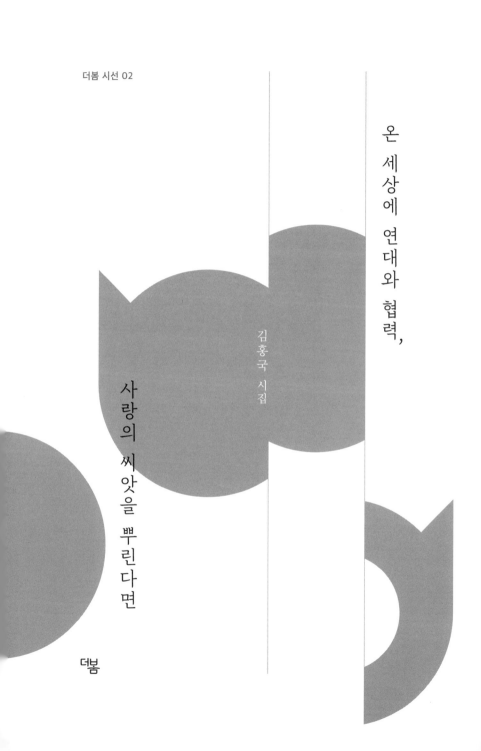

온 세상에 연대와 협력,

사랑의 씨앗을 뿌린다면

김홍국 시집

더봄

온 세상에 연대와 협력,
사랑의 씨앗을 뿌린다면

제1판 1쇄 인쇄 2023년 12월 1일
제1판 1쇄 발행 2023년 12월 5일

지은이 김홍국
펴낸이 김덕문
책임편집 손미정
디자인 블랙페퍼디자인

펴낸곳 **더봄**
등록일 2015년 4월 20일
주소 서울시 노원구 화랑로51길 78, 507동 1208호
대표전화 02-975-8007 ‖ 팩스 02-975-8006
전자우편 thebom21@naver.com
블로그 blog.naver.com/thebom21

ISBN 979-11-92386-12-6 03810

시인의 말

겨울은 길었습니다. 정치·경제·사회적으로 갈수록 양극화가 심각해지는 사회적 겨울, 코로나19로 인한 바이러스 겨울, 부모님을 떠나보내는 천륜의 겨울, 모든 겨울은 많은 상처와 시련을 남기고 떠났습니다.

시와 문학, 예술에 대한 사랑과 애착은 크지만, 좋은 결실을 얻기는 쉽지 않습니다. 늘 고민하고 고뇌합니다. 더 좋은 작품, 더 의미 있고 당당한 시를 쓰기 위해 더 겸손하고 진중하게 노력하겠습니다. 함께 나누고 배려하며 모두가 함께하는 살기 좋은 세상, 문학과 예술이 꽃피는 좋은 사회를 꿈꿉니다.

좋은 시로 함께해주시는 문학 동지 여러분과 시를 읽어주시는 분들께 감사드립니다. 더 아름답고 감동적이며, 의미 있고 알찬 시로 보답하겠습니다.

2023년 초겨울

김 홍 국

차례

3부_
일상에서 꿈을 찾기

4부_
예술의 힘, 노래하라 세상이여

8부_

지구촌과 더불어 살기

1부

코로나19,
절망과 희망의
보고서

코로나19 지구병원선을 타다

텅빈 거리, 창백한 얼굴, 병든 사람들
코로나19가 덮친 세상 곳곳은 파리하다
누구도 미소 짓지 않고 머뭇거린다
아무도 말을 걸지 않고 불안한 눈초리뿐
마스크 너머로 흐릿한 눈빛만 흔들린다

두려움 가득한 소년, 비명을 지른다
모두들 놀라 뛰어간다, 소리친다
소년은 연신 주변을 살피며 흐느낀다
소년의 눈은 공포에 질렸고 연신 기침을 한다
기침 소리에 모두들 자지러진 비명을 토한다

지구는 늘 아팠지만 이번엔 뭔가 다르다
페스트 말라리아 디프테리아 결핵 숱한 질병들
독감도 무수한 인명을 앗아간 무서운 병균이다
그래도 잘 이겨왔는데 이번엔 불안하기만 하다

오늘은 남극으로 출항하는 병원선에 편승한다
칼자국이 험상궂은 선장의 표정도 비장하다
배에 올라탄 의사는 첨단장비를 챙기느라 여념이 없다
온갖 장비로 바이러스를 막는 의료인의 행렬
과연 우리는 바이러스를 물리칠 수 있을까

지구촌 시민 여러분, 오늘도 안녕하신가요?
대한민국 국민 여러분, 오늘도 편안하신가요?
우리 이웃들, 내일도 편안할까요?

거리를 두고 살아가기

떨어져 떨어져, 나에게서 떨어져
멀어져 멀어져, 그대에게 멀어져
거리를 두란 말이야 1미터, 2미터, 더 떨어져
가까이 가는 거 생명을 죽이는 일이야, 더 밀어져

그대에게 다가갈 수 없는 건 비극이야
가까이 하기엔 너무 먼 상황, 절망적이야
따뜻한 체온을 나누고 교감하는 게 진짜인데,
오, 사람의 향기가 정겹고 그리운 시절들이여

새로운 기준이 뉴노멀이라는데, 정말 그럴까
만날 수도, 손잡을 수도, 입맞춤할 수도 없는
그래서 한없는 거리감에 절망하는 오늘이란 시간
인간의 길은 서로를 느끼는 감동에서 시작하는 거야
멈춤 없이 거대한 신화를 쓰는 시지프스가 되었네

사람냄새 뭉클 진하게 나는 따뜻한 만남 그립네

인간의 길은 사람을 사랑하고 존중하는 것
바이러스로 우리의 거리는 한없이 멀어졌지만
더 따뜻하고 정겨운 소식과 애정을 가득 보내리
큰 사랑, 넓은 가슴으로 포옹하는 그리운 시간들이여

헤어진다는 것

이별의 아픔을 알아버린 오늘
추레해진 내 뒷모습을 몰래 거울로 본다
몰아치는 겨울바람 속 낙엽처럼 흩날려
멀리 사라진 그대

안간힘으로 찾아도 보이지 않는
온 마음으로 둘러봐도 찾을 수 없는
그래서 헛되이 허공만 바라보는 나
그대는 어디서 파도를 헤쳐나가고 있나
그대는 어느 곳에 눈꽃 되어 피어 있나

슬픔 가득
불안 가득
아픔 가득

그대의 안식은 어디에 있을까
그대의 향기는 어디에 남아 있을까

사랑의 기억을 더듬으며

꽃잎처럼 빛나던 그대를 추념하리라

꿈과 열망의 시간을 회억하며

그대의 아름다움과 선량함이여

그대의 따스한 온기만을 기억하리라

두려운 만남들

두렵기만 하다
가슴이 콩닥콩닥 뛴다
그래서 가만히 눈감고 간다
두 팔 벌리고 눈감고 간다
사람을 애써 외면한다
다가오는 이들이 무섭다
공포의 시간이다

바이러스의 침범
어느새 감염이 된 나
섬뜩한 팬데믹, 더블데믹의 시대
살아가기가 버겁다
그래도 눈 뜨고 간다
두 팔 오므리고 눈 뜨고 간다

누가 살아남았는지
누가 괴로워하는지

두려움 속에서 지켜본다

그렇게 시간은 흐르고

역사는 가고, 시대는 꿈꾼다

슬픔의 별

어린 왕자는 울지 않는다, 결코 상심하지 않는다
연약하고 나약하지만 세상을 보는 깊은 눈이 있다
무심히 말을 걸어오는 여우의 눈빛도 그윽하다
어린 왕자의 눈에서 눈물이 한없이 흐르는 밤이나

B-612 한가운데 우뚝 서면
오로라도 블랙홀도 한 점 우주의 광채
그 끝에서 소멸하고 탄생하는 별들의 운명
슬픔에 복받쳐 눈물 터뜨리는 또 다른 별들이여

화산 셋, 장미꽃이 위로하고 힘을 건네는 시간
그러나 바오밥나무의 성장은 위험해
사업가 수학자 주정뱅이 점등인 지리학자 왕도
철도원도 장사꾼도 만나 세상의 희로애락 배워가네

오늘밤 어린 왕자는 생애 처음으로 술을 마신다
술잔에 문득 떼구르르 흘러 맺히는 눈물방울들

한 잔 또 한 잔 취기 올라 코가 빨개졌다
취해도 흔들려도 가시지 않는 호기심일까

어린 왕자는 어느덧 청년에서 중년으로
거친 세파 찌든 경험, 구습에 몸을 맡길까
우주의 끝에서 티끌로 사라지는 별들을 본다
세월의 힘으로 슬픔을 딛고 서는 우리 별빛이여

평화를 향한 묵상

폭력이 없고, 전쟁이 없는 세상
독점도 없고 불평등도 없는 세상
갈등이 사라지고, 대립이 없는 땅 끝에서
그 땅에서 호흡하고 즐거움을 나누게 하소서

범죄도 없고 불공정도 사라진 곳
불편도 아픔도 기아도 슬픔도 잠재우고
시기와 질투, 배타와 배격이 없는 세상을 찾아
그곳에서 함께 나누고 배우게 하소서

샬롬, 에이레네, 팍스, 훠핑, 샹티
sālom, eirēnē, pax, 和平, śānti
온 인류가 가슴으로 열망하는 평화의 대장정
온 세상 가득한 무지갯빛 평화의 언어들이여

정의, 질서, 친화, 편안, 평온의 길
우리 가슴을 약동하게 하는 기쁨의 시간이여

함께 나누고 공감하며 소통하는 길에
평화의 굴렁쇠가 춤추며 굴러가네

권력을 독점하는 건 어리석은 교만함의 극치
평등하게 공유하고 나누는 배려의 힘이 진실
인류의 재능을 꽃피울 수 있는 위대한 대동세상이여

평화의 문이 활짝 열린다면 얼마나 좋을까
분단의 38선 무너뜨리고 총칼 없는 통일세상 그리네
한반도에서 시작해 꽃피울 지구촌 평화의 대장정이여

사회적 거리두기에 대한 보고서

그리워도 이렇게 떨어져 살아야 한다는 건
서로를 불신하고 경계해야만 한다는 것이야
함께 손을 잡을 수도, 안을 수도 없는 끔찍함이야
움직일 때마다 균이 출렁거린다는 건 두려운 일
바이러스 세상을 하나씩 깨닫는 건 형극의 길

말하기가 두렵고 공포가 되어버린 현실
그대가 바이러스 덩어리일지 모른다는 극한 공황

의혹과 두려움 속에 당신을 감시해야만 한다는 것
입맞춤은커녕 서로에 대한 믿음조차 거둔다는 것

세상을 새롭게 경험하는 것, 공포의 나날이네

상상도 못 했던 끔찍한 현실
지구촌을 뒤흔들고 삶의 일상이 바뀐
이런 인생이 가능하다는 걸 깨닫는 놀라움의 시간들

모두가 처음인 크나큰 격변

스마트폰에는 확진자 급증 소식과 함께
사회적 거리두기 1단계, 2단계, 2.5단계로 치솟더니,
다시 3단계, 3.5단계 상향 소식이 연신 전달되네
우리의 거리는 다시금 우주별처럼 멀어졌다네

오, 우리 영혼이여 심장이여
끝없이 흔들리고 아픈 시간들이여
더 떨어져 고뇌하고 연민하며 흔들리자
떨어지더라도 외톨이가 아닌 우리가 되길 빌며

그리움과 설렘, 온밤을 하얗게 새는 날
마침내 생각하는 인간, 고뇌하는 존재로 다시 선 시간
감사하고 희열하며 온몸으로 타오르는 재가 되네
낮의 기쁨 밤의 열정 잊고 긴긴 시간 참아내야 하리

그 이별의 시간에도 견딜 수 있는 건

위대한 사랑의 힘

서로를 뜨겁게 안아주자

긴 꿈을 꾸다

현실은 늘 고통스럽고 아팠다
미래는 항상 행복으로 오지 않았다
더 나은 세상, 좋은 삶을 살고 싶지만
늘 세상은 극단적으로 힘들기만 했다
후진국에서나 일어나는 일이라고 했지만
우리 주변에서는 늘
고독사, 기아사, 과로사, 사고사처럼
일어나서는 안 될 일들이
불쑥불쑥 튀어나와 죽음으로 이어지곤 했다
세상의 끝에서 새 길을 찾을 수 있을까
오염되고 병든 우리 삶의 주변
살아날 기적 같은 길은 있을까
그대의 편지를 스마트폰으로 보면서
애착을 가졌던 내 인생과 일상이
송두리째 쓰러지고 무너져버렸다

지리산 천왕봉에 오른 순간

타오르던 그 열정을 기억한다

차분히 가라앉아 세상을 둘러보는 시선

한 곡의 아리아를 토해내던 그의 음성

백두산 천지를 바라보며

젖어들었던 통일에의 꿈은 한없이 멀지만

서서히 다가오는 달빛도

희망으로, 열정으로, 소망으로 떠오른다

우리의 땅에서는 어떻게 서는 것이

우리의 별에서는 무엇을 보는 것이 좋을까

지상에서 가장 빛나는 오로라의 순간

나는 그대의 영혼을 한없이 축복했다

나는 그대의 운명을 끝없이 사랑했다

그대가 눈을 뜨는 순간

세상에서 빛나는 것들을 모두 찾아냈다

태양도, 햇살도, 달빛도, 별빛도, 등불도, 촛불도

활활 타올라 빛나는 위대한 순간이여

코로나19를 이겨낸 사람들은 미래를 꿈꾼다
우리는 희망 속으로 빨려 들어간다
소망으로, 열정으로, 공감으로
세상의 끝을 바라본다.

소금물로 비눗물로 손 씻기

바이러스를 잡는 즉효약을 찾아라
모두가 난리가 났다
백신을 만들려고 지구촌 곳곳이 들썩인다
백신회사를 찾는 숨바꼭질이 펼쳐진다
백신 공급 계약을 하려고 나라마다 경쟁이다

백신보다 더 강력한 것은 비눗물이야
강력한 바이러스도 비누가 씻어내면
한순간에 포위당해 사라지는 마법을 부린다
바로 비눗물이다
비눗물로 손 씻고, 세정제로 소독하니
지구촌에 감기가 사라졌다
그 독한 독감도 실종됐다

비눗물만큼 강력한 무기가 소금물이다
소금물로 씻는 것은 백신 투약과 같다
소금물로 세척해 염증을 막으면

질병의 근원 바이러스는 절로 움츠려든다
소금은 세상을 정화하고
부정한 세력, 악귀를 물리치는 위력을 가졌기에
대문 밖에 뿌려지는 수호신이 됐지

세상은
비누처럼, 소금처럼
악과 부정부패를 물리쳐줄
위대한 선지자, 세상의 의사를 기다린다
비누와 소금의 신은
인간의 아픔과 슬픔을 물리치는 방법을 안다
인간의 상처와 고통을 위로하는 비법을 안다
어른이 아이를 안아주듯
국가가 지방을 품어주듯
부모가 자식을 살펴주듯

우리 함께 손을 잡자

비누와 소금의 위대한 힘

코로나19로 인해 알게 된 지금

우리가 함께 비눗물과 소금물을 나누자

세상의 아픔과 슬픔을, 상처와 고통을

함께 치유하는 길

우리가 가야 할 바로 그 길이다

2부

공정의 길,
평화의 삶

공정함에 대하여

차별도 격차도 슬픔도 눈물도 없는
하늘 아래 빈부귀천 없는 평등한 세상
진정으로 존중받고 사랑받는 존귀한 존재감
그런 세상이 과연 올까

불평등, 불공정, 부정의, 그리고 불편부당
정의롭지 못하고 공정하지 못해 답답했던 세상살이
답답한 마음에 흘렸던 눈물의 나날이여
오늘은 그 아팠던 시간을 돌아보는 성찰의 날

구직과 실업에 좌절해 고개 숙인 청년의 눈물
갑질과 욕설에 질려버린 알바생의 창백한 얼굴
직급과 직위의 횡포에 무너져버린 비정규직의 절망들
성공의 사다리는 사라진 채 무한경쟁 내몰린 양극화 세상
어디에도 탈출의 비상구가 보이지 않는 답답한 세상이여

더 공정하고 정의로운 세상이 될 수 있다면

나이도, 외모도, 출신도, 학력도, 성별도 넘어서
진정으로 존중받고 배려와 사랑을 건넬 수 있다면
불공정, 불평등의 질곡은 어느덧 사라지리라

내 스스로 돌아보고 바꾸려는 진지한 노력들
다 함께 외치는 공정의 힘, 정의의 힘, 진실의 힘
소외도 차별도 받지 않고 당당하게 가슴 펴는 우리
따뜻하게 소통하며 함께 배려하는 세상을 살고 싶다

고통의 시간, 눈물의 공간을 딛고 서서
공정하게 당당하게 곧추 비상하며 날아올라
다함께 손잡고 만들어가는 공정하고 진지한,
참으로 아름다운 공정세상 향해 온 힘을 다하고 싶다

버텨야 한다

버텨야 한다
거대한 부정과 불의가 덮쳐오고
압력과 회유, 거짓이 권력이 되더라도
끝끝내 꼿꼿한 대쪽처럼 딛고 서서
태산처럼 버티고 이겨내야 한다.

버텨야 한다
얄팍하고 가벼운 세상의 유행 속에
철지난 퇴물이라고 숱한 욕 먹더라도
우리 세상 지켜낼 최후의 안간힘 쓰며
바위처럼 천년을 살아내야 한다

버텨야 한다
부유하며 타협하는 세태가 작렬하고
구태의연 낡아빠진 고집쟁이로 비난받더라도
인간의 순수한 영혼을 안아 지켜낼
심해의 깊이처럼 세상을 품어야 한다

버텨야 한다
하늘 끝 요동치는 번개와 천둥에도 굴하지 않고
먹장구름 소나기에도 당당하게 맞서
마침내 꽃구름 피워내는 인내의 길 걸어
은하수처럼 세상에 맑은 기운 보내야 한다

아무리 쉽고 편한 일이라도
함부로 무시하고 폄훼할 일이 아니다
아무리 단순하고 어리숙해 보여도
쉽게 논평하고 우습게 볼 일이 아니다

마침내 버티고 버텨
위대한 여정을 당당하게 마치는 성취의 날
우리의 삶은 위대했다고 할 테니
더욱 단단하고 튼튼하게 버텨야 한다.

열정에 관한 보고서

고통이 크기에 마음은 더욱 수척해졌다
상심이 커져 죽음마저 가까워진 듯 했다
흙빛 얼굴 곳곳에 식은땀이 비질비질
고뇌의 시긴 흘러 위험지대에 놓인 우리 삶

반드시 해내고야 말겠다는 의지가 춤을 춘다
꿈을 읊고 재잘대며 한 발씩 당당하게 내딛는다
엄혹하고 답답했던 현실을 바꿔보겠다는 의지들
꿈을 포기하게 하는 암울한 오늘의 그림자들이여

소망을 이루겠다며 달려온 분주한 발걸음
열정도 더 진해져 불은 밤을 뜨겁게 태운다
좌절의 벽, 절망의 땅을 지나 한 발씩 걷다 보면
공정세상에 도달하리라 바라는 오늘이여

그도 웃고 나도 웃고
그녀도 웃고 당신도 미소 짓는 오늘

아주 늦게, 그러나 조금씩 결실을 맺는다

열정의 힘은 밤이 깊을수록 더욱 성숙해진다

거짓 세상 살아가기

귀를 번쩍 뜨이게 하는 말
듣는 내내 시종일관 놀라다
결국 참담함에 빠진다

달나라 방아 찧는 토끼선녀처럼
별나라 순진한 어린 왕자처럼
즐겁고 신기한 이야기라면 얼마나 좋을까

기가 막힐 지경이다
진실은 간 데 없고
거짓과 억지주장, 가짜뉴스만 난무한다

거리엔 루머에 현혹된 이들이 울부짖고
컴퓨터 앞엔 유튜브에 몰입한 청년이 좌절하고
배달된 신문엔 궤변과 거짓정보만 가득하다

진실의 여정, 사실의 길에

올곧은 생각의 싹이 돋아나면 좋겠다

언제나 세상을 통찰하는 명철한 눈길로
백마 탄 초인과 함께 이 지상의 양식을 구할까

푸르름의 길

내 마음은 늘 푸른 하늘처럼
파랗고 푸르스름한 빛깔을 가졌다
내 마음은 온통 세상을
파란색으로 메우고 싶지만
그 기세만큼 세상은 푸르러지지 않는다

파란 크레파스, 푸른 물감으로 그려봐도
좀체 하늘의 모습은 푸르지 않고
화폭에도 다 채워지지 않는다
늘 화폭에는 빈자리가 남아 푸른색을 거부한다

하늘도 푸르고 산도 푸르고
사람도 푸르고 고양이도 푸르고
어린 왕자가 사는 별도 여우도 푸르고
고려청자의 푸른 빛깔도 더욱 푸르르고

구름은 오페라 아리아처럼 울려 퍼지며

푸르른 하늘에 노래의 온기를 불어 넣는다
하늘은 소프라노의 아름다운 음성처럼
속삭이고 재잘거리며 귓전을 간질인다

바람, 구름, 강물과 산꼭대기에서도 불어오는
푸르름의 행렬들
올림포스 신들이 열을 지어 합창으로 찬미하고
낙화암 삼천궁녀도 푸른 치마를 입고 노래한다

우리의 인생은 늘 푸르르면 좋겠다
아버지의 굳은 얼굴, 엄격하고 살 떨리는 표정도
어머니의 사랑과 애정 가득한 달보드레 목소리도
가족들의 열렬한 지원과 따뜻한 배려와 응원 덕에
우리의 인생은 파란색 꿈으로 피어난다

계절이 흘러흘러 세월을 켜켜이 쌓아간다
목련꽃이 피고 지고, 장미꽃도 피고 지고

어느새 살살이꽃이 피어 햇님과의 대화가 한창이네

침묵 대신 외침으로, 눈물 대신 미소로 맞는

우리의 아름답고 청아한 푸르름이여

가다 보면 걷다 보면

달려가도 날아가도
쉽게 닿을 수 없는 길
그래도 앞을 보고 가다 보면
암벽도 넘고, 벼랑도 넘어
그 땅에 도착할 거야

달려도 서둘러도
좀체 함께할 수 없는 곳
모두 손을 잡고 걷고 또 걷다 보면
강물도 넘고, 폭포도 헤쳐서
그 대지에 씨앗을 뿌릴 거야

우리의 마음이 열반에 들고
찰나의 깨달음으로 영원을 건너
공허했던 공간을 위대한 깨우침으로 가득 채우리

나무의 꿈

나무는 오늘밤에도 꿈을 꾼다
뿌리는 바깥세상을 보고 싶어 안달이고
가지는 세상을 지탱하려고 춤을 추고
이파리는 푸르름으로 세상을 밝히려 하고
꽃은 아름답게 피어 세상을 빛내려 하고
열매는 마침내 맺혀서 세상을 이롭게 한다

나무는 어젯밤에도 꿈을 꿨다
산에 뿌리내리고 홍수를 막아보려 한다
강변에 자리 잡고 강물을 흠뻑 마시려 한다
들판에 곧게 서서 세상을 호흡하려 한다
도심에 홀로 자리해 지친 마음을 달래주려 한다
지하에 꿋꿋이 위치해 햇빛을 그리워하려 한다

은행나무는 노란 꽃으로 피어나고
소나무는 늘 그렇듯 푸르름으로 빛나고
갈참나무는 여유로운 이파리들이 하늘거리고

메타세콰이어는 당당하게 하늘 끝을 찔러보고
단풍나무는 우아한 홍엽만산을 자랑하고
전나무는 겨울을 맞는 시심을 자극한다

나무는 우주 끝을 바라본다
블랙홀로 빨려 들어갈 것 같은 행로에서
길 잃은 미아가 된 우주선은 공간을 유영하고
순식간에 다가온 별똥별의 번득임
소용돌이치는 우주의 구멍들
그 아득한 우주의 달빛 별빛
그 한가운데서 환하게 빛나는
나무
한 그루
그윽하게 미소 짓고 있다

착한 사람들

누구도 믿을 수 없는 삭막한 풍경
어디선가 배신과 음모의 풀이 자라고
나를 비방하는 소리가 울려 퍼지는
진실을 왜곡하는 거짓이 횡행하는 세상

늘 손해보고 피해보면서도 남들을 돌보는
그런 사람을 보면 안타깝기만 하다
선량하고 착하고 배려심이 많은
그래서 항상 아파만 하는 사람

봉사하고 헌신하고 열정을 다하는 사람
모든 기운을 다 쓰고도 더 힘을 내고
그러면서 더욱 봉사하는 사람

삶의 여정마다 자신을 바친 사람
세상의 모든 번뇌 모두 잊고
이제 편안히 휴식하며 자신을 챙기길

세상의 모든 땀과 고통의 눈물들
살아온 날들이 조금도 부끄럽지 않은
당당하고 멋진 여행을 떠나길

모든 고난과 고통, 헌정의 시간들
마음에 맺힌 최후의 한마디 퍼붓고
밤을 새며 모두를 위해 봉사하는 시간들
착한 사람들로 인해 세상은 진보한다

더 겸허하게, 더 진중하게

더 겸허해야 한다
세상은 까다롭다
늘 엄격한 감독관 같다
소름이 끼칠 정도다

작은 실책도
사소한 말실수도
헷갈림 또는 무지도
용서받을 수 없는 세상이다

참으로 겁이 난다
자신들이 하는 행태도
타인에게는 거대한 비난과 비방을 쏟아낸다
모두가 흘겨보고 겁박하는 세상
무서운 현실이다

더 진중해야 한다

세상은 난폭하다
늘 좌충우돌 공격적이다
끔찍하게 움츠려든다

혹독하게 몰아붙인다
온 몸이 후들후들 얼어붙는다
더 진지하고 엄정해야
이 겨울서리 같은 세상을 버텨나갈 수 있다
참담한 현실이다

가혹한 잣대에 겁박된다
함정에 빠지지 않도록
진중하고 엄중하게 최선을 다해야
영혼의 고귀함을 지킬 수 있다
온 몸이 소스라친다

따뜻한 기운을 전하는

그대의 격려와 응원

당신의 사랑과 배려

우리 서로 키워나가야 할

겸허함과 진중힘

3부

일상에서
꿈을 찾기

피었다

피었다 꽃이 피었다 시들었던 가지 생기 오르고
마침내 꽃이 피었다
기다림의 시간들 아름다운 꽃잎이여

피었다 꿈이 피었다
좌절과 낙망의 나날을 보내고 희망의 꿈을 피웠네
소망 가득 기쁨의 세월 흐르네

피었다 사랑이 피었다
메마른 심장에 감동의 사랑화살이 관통했다
그대 향한 사랑 가득 활활 불타오르는 열정이여

오 사랑이여 사랑이여
피었다 피었다
활짝 피었다

사랑의 힘

사랑이여, 그대 좌절한 우릴 위로하네
사랑이여, 그대 포기한 우릴 일으키네
사랑이여, 그대 혼절한 우릴 깨워주네
사랑이여, 그대 눈물진 우릴 미소 짓게 하네

거대한 늪에서 건져 올린, 교감의 눈길 위에
온기 가득한 마음을 사랑 담아 전하고,
그립다 심장마다 불꽃처럼 훨훨 타올라라
동토의 나라, 갈 수 없는 그 머나먼 곳
뜨거운 열정으로 온 몸을 불사르네

사랑이여, 그대 있어 기쁨의 온기 피워내네
사랑이여, 그대 있어 정열의 춤판 꽃피우네
사랑이여, 그대 있어 희망의 홀씨 퍼뜨리네
사랑이여, 그대 있어 온 세상 환하게 빛나네

소통의 힘

서로 통하지 않으면 살 수 없는 사회적 동물
인간이기에 심장 불태운 온기가 통해야 한다
사람이기에 서로를 이해하고 자극하며 트여나가네
생명이기에 타인의 열정과 사랑을 받고 살아가는 세상

불통의 삶은 고독하고 비극적이며 냉기투성이다
서로의 거리를 늘리고 떨어지는 데 이내 익숙해진다
끝없이 엇갈리고 불신하는 서로 다른 길
미움과 시기, 질시와 음모의 세상은 사라지길

함께 잡은 손이 열기 가득 더욱 따뜻하고
서로 맞춘 마음이 온정 가득 한없이 정겹고
같이 디딘 발길, 신천지가 온힘 다해 활짝 열린다
우리 사이 쌓였던 다름의 시대는 이제 끝날 수 있을까

서로 진정 믿을 수 있다면 무얼 못할까
염화시중의 미소로 번지는 상생의 길이여

눈빛만 봐도 그대 깊은 뜻을 알 수 있음에

위대한 소통, 거대한 공감으로 활짝 열릴 새 역사여

아름다운 세상

차디찬 얼음장 겨울추위도
손 시리게 하는 마파람에도
가슴을 후벼 파는 냉기에도
화를 돋구는 가짜뉴스가 연신 퍼져나가네

따뜻하고 넓은 가슴 활짝 펴
너와 당신, 사람을 사랑하며
찬란한 태양과 함께
함께 날아가는 천상의 삶이여

보이지 않는 사랑의 연으로
탄탄한 밧줄로 서로 이어져
서로 나누고 배려하는 도움의 손길
든든하고 따뜻하여 심장이 요동치네

오묘하고 신비한 사랑의 묘약이여
밧줄로 뿌리로 얼키설키 얽힌 세상이여

함께 연탄을 나르며 방구들을 데운다
함께 나눈다는 것이 이렇게 아름다울까

서로 돕고 교감하는 소통의 세상
화끈하게 건네는 자선의 장면들
스스로도 행복해지는 이 따뜻한 세상이여

간절한 기도

조롱을 견뎌낼 인내의 힘을 주시고
멸시를 버텨낼 자존감을 주시고
병약함을 이겨낼 체력을 주시고
어리석음을 넘어설 지혜를 주소서

일상의 나태함을 떨칠 호기심을 주시고
관성과 관행을 벗어날 열정을 주시고
아둔함을 깨뜨릴 현명함을 주시고
변화하는 세상을 이끌어낼 창의력을 주소서

고통을 극복할 건강을 주시고
두려움에 맞설 담대함을 주시고
절망을 떨쳐낼 강건함을 주시고
슬픔에도 미소 지을 담담함을 주소서

좌절을 넘어설 자긍심과 자신감을 주시고
교만한 자만심이 무색할 겸손함을 주시며

비겁한 현실타협에서 탈출하는 당당한 열정을 심어주소서

모두와 함께 조화와 상생을 나눌 조정의 힘을 주소서

사랑한다, 사랑합니다

매일 아침 눈부신 아침햇살, 사랑한다
맑은 물방울들, 사랑한다
이를 닦을 치약, 사랑한다
미소로 힘을 주는 거리의 행인들, 사랑한다

늘 지루하지만 삶을 지탱케 하는 일거리들, 사랑한다
세상의 정보와 소식을 전해주는 신문들, 사랑한다
경험과 지혜를 담아 건네는 모든 책들, 사랑한다
세상의 모든 지식과 기술을 담은 스마트폰, 사랑한다

창밖에서 지저귀는 참새와 뭇새들, 사랑한다
몽롱한 눈빛으로 응시하는 고양이들, 사랑한다
귀엽게 아장아장 걸어가는 아이들, 사랑한다
행복을 건네는 세상의 모든 것들, 사랑한다

따뜻한 애정으로 살펴주시는 어머니, 사랑합니다
무심한 척 자애로움으로 지켜주시는 아버지, 사랑합니다

관심과 정다움으로 힘을 주는 가족들, 사랑합니다
함께 교유하며 세상을 호흡하는 친구들, 사랑합니다
지상에서 행복과 기쁨을 느끼게 해준 우주여, 사랑합니다

희망눈빛

별빛이 되어 세상을 비추다 사라지는 그대
숭고하고 감동적이어서 저녁하늘을 바라본다
어둠을 가로질러 은하수 가운데로 달려간 그대
용감하고 성의로워 온 세상을 환히 비춘다

하늘 끝까지 내달려 마침내 세상 끝에서 잠든 그대
심장 속에 불현듯 살고 싶은 욕망을 던진다
달빛 은은한 미소로 그 고통을 이겨낸 그대
찬란하게 피어난 꽃망울로 가슴을 두드린다

좌절과 고뇌의 시간을 보낸 우리의 청년들이여
이제 독한 술을 들이키며 불행의 시를 노래해보자
그 음률 속에 싹은 트고 꽃은 피어나는 것이지
현악기가 춤을 추고, 성악가의 소리는 천상에 닿았네

우리 삶 그 음습한 날조차도 환한 미소로 불태우는 날들
저녁별빛에 사랑은 더욱 깊어져 서로를 끌어안네

강변에 안개꽃 피어나고 강물이 대륙을 호흡하는 날

드디어 만난 우리 뜨겁게 포옹하고 깊은 잠에 빠진다
삶의 마지막 양심이 살아나 타락의 길을 거부하던 순간
함께 달려가자
희망으로 빛나는 눈빛이 타오른다

그리움으로 성찰하기

사랑으로 괴로운 사람은
한 번쯤
겨울 들녘에 가 볼 일이다
빈 공간의 충만,
아낌없이 주는 자의 기쁨이
거기 있다.
가을걷이가 끝난 논에
떨어진 낟알 몇 개

이별을 슬퍼하는 사람은
한 번쯤
겨울 들녘에 가 볼 일이다
지상의 만남을
하늘에서 영원케 하는 자의 안식이
거기 있다
먼 별을 우러르는
둠벙의 눈빛

그리움으로 아픈 사람은

한 번쯤

겨울 들녘에 가 볼 일이다

너를 지킨다는 것은 곧 나를 지킨다는 것,

홀로 있음으로 오히려 더불어 있게 된 자의 성찰이

거기 있다

빈들을 쓸쓸히 지키는 논둑의

허수아비.

겨울강의 사랑노래

겨울강가에 정적과 고요가 있다
강변 안개에 침묵과 묵상이 있다
강물 파도에 성찰과 깨달음이 있다
불어오는 잔바람에 인생이 있다

봄, 여름, 가을의 강과는 다른 냉엄함
내 심장에는 차디찬 바람이 휘 불어오고
메마른 갈대들은 후두둑 소란스럽고
내 유년 시절 꿈들은 더 큰 성장을 해왔네

여름철 꽃들이 장엄한 군무를 추던 기억
가을철 단풍이 화려한 열병식을 하던 장면
얼어버린 강물에 살얼음 빗살로 퍼져가고
농부는 한숨과 함께 지난 세월을 추수한다

얼음이 외친다
우리 삶은 강퍅하다고

이제 행복하고 싶다고
고난과 고통을 그만 멈춰달라고

얼음의 외침은 허공으로 퍼지지만
아무도 듣지 않는다
모두들 스마트폰으로, 골프장으로, 영화관으로
자신들의 삶에만 열중하고
타인의 아픔과 슬픔은 외면한다
그래서 겨울강은 더 춥게 가슴을 아린다

그렇게 세월은 본체만체 흘러간다
겨울강에는 가슴시린 낭만이 있다
겨울바다에는 따스한 서정이 서렸다
겨울산에는 눈물겨운 이야기가 읽힌다

겨울강 얼음장 아래 흐르는 사랑
그 아래 잠기는 화해와 평화의 길

그 아래 심해에 잠든 우리 고운 심성들

겨울강은 꽁꽁 얼어붙고
얼음은 소금의 빈틈도 보이지 않는다
손끝 시린 삶의 여정을 돌아보며
겨울강에는 우리 삶이 날갯짓한다

만취하다

술은 무서운 녀석이다
술은 대단한 녀석이다
술은 깜찍한 녀석이다

술을 마시면
놀랍게도 대담한 용기가 생긴다
생각지도 못하던 장광설이 터져나온다
평소 볼 수 없던 폭력적 행태도 나온다

술을 마시면
세상 모든 게 어른거리는 어지럼세상
방금 전까지 알았던 사실도 깜박깜박
혼란스럽고 취한 김에 온몸이 비틀비틀

설날 도소주屠蘇酒로 나쁜 기운을 물리친다
이명주耳明酒를 마시며 만수무강을 빌어본다
술로 헌수獻壽하는 우리네 풍속의 아름다움이여

건강과 장수, 지혜와 용기를 바라는 우리 삶이여

좋은 삶을 애모하는 우리들의 기우제여
하늘을 향해 누 손 모아 기운을 담아오네
아지랑이 피어나는 봄들판의 한 잔 술이여
술기운으로 우리 농사는 거뜬하게 추수한다네

한 잔 술로 마음은 따뜻해지네
새벽바람에도, 저녁 훈풍에도 사라지지 않네
취해 비틀대는 나의 어리석음을 용서해주게
내 술기운으로 대지 아들, 하늘 장정이 되려 하네

보리와 밀이 빚어준 술에 더욱 취해버렸네
마음을 달래주는 술기운 향기에 빠져들었네

오, 하늘을 높이 우러르라
오, 술잔을 높이 들어라

오, 술을 벌컥벌컥 들이켜라

우주 가득 흐르는 술기운이여

은하수 향기 전하는 술병이여

술의 힘으로

세상의 당당하고 곧은 이치

푸른 향기 호연지기를 깨우치리라

향기로운 그대에게

우리 삶이 늘 향기로우면 좋겠습니다
우리 인생이 늘 빛나면 좋겠습니다
우리 몸에 건강이 넘쳐나면 좋겠습니다
우리 생각에 창의의 힘이 가득하면 좋겠습니다

당신은 아름다운 향기로 가득합니다
당신은 환한 빛으로 세상을 비춥니다
당신은 힘차게 훌쩍 도약하며 뛰어갑니다
당신은 당당하게 독선과 교만을 거부합니다

당신의 향기는 눈부십니다
당신의 광채는 영광스럽습니다
당신의 신체는 강건합니다
당신의 사고는 합리적입니다

불꽃처럼 나의 마음을 사로잡는 그대여
강물처럼 내 영혼을 흘러내리는 그대여

달밤처럼 온몸을 밝히는 그대여

오, 황홀한 순간 나는 타오릅니다

살아있음을 느끼는 기쁨과 희열

붉디붉은 진달래꽃 사무친 정념

여름날 활짝 핀 흑장미 그 아름다움에 반해

나는 끝끝내 눈물 가득 울었답니다

4부

예술의 힘,
노래하라
세상이여

음악의 힘

세상을 살아가는 힘을 누가 줄 것인가
맑고 고운 영혼의 울림이 퍼져나간다
별빛으로 빛나고 감동적인 음표 하나 하나마다
내 영혼은 감동으로 해일처럼 일렁거린다
달빛이 치렁치렁 강물 위로 드리워지고
시를 읽는 우리의 마음은 꿈으로 가득하고
시인의 심장에는 어느새 음악이 숨어 들어왔다

예술의 힘은 매혹적인 리듬으로 가슴을 파고들고
마디마디 새겨진 악상기호들이 제각각 춤춘다
가사에 서린 눈물, 슬픔, 기쁨, 사랑의 감정
어느새 감동으로 활활 타올라 폭발해버린 활화산
음악은 거대한 땅울림이 되어 마음을 흠뻑 적신다
파도의 으르렁거림도 피아노 건반에서 소나타가 된다
감정을 전달하는 미메시스여신 재현의 창이 된다

저음 바닥을 헤매던 마음은 고음의 환희로 도약하고

균형의 황금율로 약동하는 그 힘에 끌려가네
장단고저 동서남북 요동치는 그 움직임이여
묵직한 베이스와 경쾌한 테너의 영험한 노래여
신마저도 감동한 아름다운 고음 소프라노에 매혹되네

인간의 내면에 존재하는 위대한 가능성을 펼쳐라
지상 울림으로 감동 주는 거대한 세상 열어나가네
감동의 카타르시스로 울음 우는 음악의 힘이여
인류가 알고 있는 최고의 위대함이여, 그대 음악이여

우리 생애 마지막 노래

그대 떠나며 부른 아름다운 노래여
내 가슴에는 온통 슬픔의 꽃 피어나네

마지막 잎새 추락한 순간
비통한 눈물
심장을 흠뻑 적시네

세포 켜켜이 기록된 고통의 시간
노래하며 춤추며 잊어버릴 수 있을까

열정 잃은 사랑의 찬가 울려 퍼지고
장밋빛 인생 눈부셔 보이지 않는 사랑
마침내 거울이 깨지고 운명의 순간은 올까

비극의 시간들 우리 생애를 잿빛으로 채색하네
후회와 고뇌, 포기와 좌절에 머물 수 없네
기쁨과 소망, 열정과 꿈으로 꽃피우고 싶네

무한의 바닷가에는 금색 달빛 일렁이고

추락하는 별 속에 희망과 사랑을 담네

다시 빛을 발하는 별똥별 행렬을 기다린다네

그대 사랑의 노래 같이 부르면 좋겠네

우리 기쁨의 노래 함께 합창하면 좋겠네

미미와 토스카와 함께 울다

무대에 선 배우의 당당한 걸음걸이
웅장하게 퍼지는 그의 노래들
슬픔의 운명을 한탄하는 미미의 화답
객석에서는 한탄과 탄식 절로 터져 나온다

틀린 음정을 감출 새도 없이
부러진 의자 때문에 넘어진
주연 성악가의 노래는 더욱 커져가고
공연장 가득한 열기 뜨거운 박수가 퍼진다

당당한 테너의 의기양양 사랑고백이란
사랑 가득 소프라노의 눈물도 감동 가득
두 사람 사이 바리톤과 메조의 코믹연기가 만발한다
이렇게 한 편의 음악극은 진하게 완성된다

죽음의 연기를 위해 수백 번 죽은 그녀
삶의 마지막 장면을 더욱 실감나게 해야지

온 힘을 다해 죽음의 길로 치닫는 그
마침내 진정한 죽음을 성취한 그녀는 전율한다

왜 악인은 늘 착한 이들을 이길까
지켜주고 싶은 이들은 숨을 거두고
늘 패자가 되어 역사를 꼬이게 하네
지켜주고픈 그도 그녀도 모두 가네

더욱 아름답게 울려 퍼지는 그녀의 노래
연인 심장에 관통한 탄흔 속에
붉은 피 흘리는 그를 위해
토스카는 쉼 없이 노래하며 흐느낀다

미처 말릴 틈도 없이
절벽으로 투신하는 토스카의 뒷모습
침대에서 비극을 맞은 미미의 절규
우리의 눈동자마다 눈물이 그렁거린다

노래한다는 것

우리의 목소리에 금빛 날개가 달린다면
우리의 목젖에 따뜻한 온기가 서린다면
더 아름다운 노래가 감동 속에 울려 퍼질 거야

가사마다 붙은 곡조, 가슴을 기쁨으로 뒤흔드네
목소리가 공명하여 가장 아름다운 노래 태어났네
우리의 가슴을 울리는 음악의 힘이 지상을 울리네

노래 속에는 사랑과 환희의 열정이 넘치네
노래 속에는 슬픔과 연민의 비통함이 흐르네

모차르트의 발랄하고 경쾌한 오페라 아리아
베토벤의 비장하고 장중한 교향곡과 가곡
슈베르트의 감성적이고 서정적인 가곡과 연주곡
쇼스타코비치의 현대적인 감성과 러시아적 감성

베르디의 당당하고 서사적이며 장대한 오페라

푸치니의 서정적이고 비극적이며 슬픈 아리아
비제의 관능적이고 당당하며 애절한 노래
레하르의 사랑스럽고 친숙하며 즐거운 가극

홍난파의 한 서린 민족의 아픔 담긴 가곡
김동진의 고향과 자연, 시적 이미지를 담은 노래
김연준의 인간 감정을 고양시키는 따뜻한 가락
변훈의 익살스럽고 당당하고 그리운 미학적 감성

노래하는 이들의 표정마다 무수한 희로애락 서려 있네
작곡가들의 다양한 감정과 기법을 목청에 담네
오 노래하라, 오 외치라, 오 사랑하라
노래 속에 담긴 우리의 꿈과 열정, 온 세상에 퍼지라

전나무 찬가

전나무는 늘 우리에게 꿈을 준다
독일노래에서 들었던 그 아름드리 몸피
추운 지방에서 자라 이 땅에 온 열정
이세는 우리의 열망을 키워주는 그대여

바람이 불어 불어 세상마저 흔드는 저녁
빗방울 떨어져 길마저 흐릿한 시간
먼지폭풍 불어와 눈을 뜰 수 없는 길
눈보라 몰아쳐 내 마음을 닫았던 시간

전나무는 그 속에서도 무럭무럭 자랐다
해충과 역병, 홍수와 가뭄도 뚫었다
맑은 공기 세상 곳곳에 보내주는 큰 기상
곧고 듬직한 나무로 우뚝 서 있는 그대여

단단하고 힘차게 하늘 끝을 가리킨다
맑은 초록빛 사랑을 건네주는 이파리들

하늘하늘 흐늘거리며 바람마저 막아서는
때론 외롭지만 당당하게 외치는 함성이여

거대한 수풀이 위대한 숲이 되는 시간
올려보기만 해도 기쁨의 눈물이 흐르네
꼬마 전나무 활짝 피어올라 하늘을 가리고
크고 아름다운 어른나무 되어 세상 빛내네

마침내 아름다운 노래 한 편 세상에 씨를 뿌리네
위대한 오페라의 나무, 교향곡의 숲이 되었네

쉼 없는 사랑노래

사랑을 부르는 노래는
좀체 그치지 않는다
사랑의 위대한 힘을 알기에
노래도 흥겹게 흘러나온다

노래한다는 것은
노래를 부르지 못하는 사람보다
노래를 부르지 않는 사람보다
더 큰 낭만과 사랑을 가진 것
그녀를 사랑할 만큼
넓은 가슴과 큰마음을 가진 것

그런 연유로
늘 사랑의 술잔을 비우며
밤이면 간절한 세레나데를
아침이면 달콤한 마티나타를
부르고 또 부르는 음유시인이 되어

때로는 거리를 유유자적하기도 하고
가끔은 이국을 배회하기도 하는
방랑자가 되어본다네

노래하는 이들은
세상살이를 전혀 두려워하지 않고
사랑하는 이들은
고난 가득한 삶의 장면에 맞서고
꿈을 꾸는 이들은
쉼 없이 사랑노래를 합창하네

고귀한 영혼을 위한 변주곡

영혼의 깊이는 늘 심연을 파고든다
내 마음 속 작은 동굴에 울리는 노랫소리
울려 퍼지는 피아노 선율은 귓전을 뒤흔든다
음악은 영혼을 정화한다

노래를 부르면 어둠은 빛이 되고
꽃과 나비가 춤추는 축제가 열린다
함께 부르는 노래는 거대한 함성이 되고
우리는 파도처럼 거대한 해일이 된다

음표가 커져서 아름다운 가곡이 되고
콧노래는 위대한 교향곡으로 피어난다

음악은 삶의 행복을 가꾸는 일
행운의 파랑새를 내 곁에 부르는 일

애절한 바이올린 선율이 흐르면

우리 가슴에는 우수와 연민이 피어나고
우리의 꿈은 사랑으로 벅차오른다

노래가 어두운 세상을 밝히고
가슴에 온기를 불어넣고
영혼에 축복을 전하라
함께 노래할 때마다
지구의 폐허는 숲으로 변한다

그래서 노래하며 걷는 길은 즐겁기만 하다
입을 벌려 내놓는 소리마다 아름다운 화음이 되고
우리의 가슴속에는 잃었던 사랑
고향 찾는 은어처럼 돌아온다
다시 사랑할 그날을 위하여

5부

위대한 삶,
아름다운 인생

대한의 문지기가 되겠소이다

그 강렬한 눈빛
그 뜨거운 의지
죽음을 불사하는 몸짓
오직 독립만을 위한 삶
온 평생을 고난과 고통으로 밀어놓고
대한독립만을 외친 삶이여

"나는 일찍이 우리 독립 정부의 문지기가 되기를 원하였거니와, 그것
은 우리나라가 독립국만 되면 나는 그 나라에 가장 미천한 자가 되어
도 좋다는 뜻이다. 왜 그런고 하면 독립한 제 나라의 빈천이 남의 밑
에 사는 부귀보다 기쁘고 영광스럽고 희망이 많기 때문이다."

문지기가 되겠소이다
청사의 문지기가 되겠소이다
독립정부의 문지기가 되겠소이다
대한민국 정부청사의 문지기가 되겠소이다

내가 조선의 국모니라
내가 조선의 백성이니라
내가 대한민국의 국민이니라

"시골의 일개 천한 몸이나 신민의 한 사람 된 의리로 국가가 치욕을
당해 백일청천하에 나의 그림자가 부끄러워서 한 명 왜구라도 죽였
거니와 나는 아직 우리나라 사람이 왜황倭皇을 죽여 복수를 하였다는
말을 듣지 못하였소."

긴장된 상해임시정부 청사 주석실
이봉창 의사의 굳은 표정이 삼엄하다
일황 저격 투탄 의거로 그 기상이 빛나네
윤봉길 의사의 시계는 째깍째깍 흘러갔네
홍구공원 의거로 민족혼 불꽃이 타오르네

1976년 황해도 해주 쇠락한 양반집에 태어났네
17세 때 과거 낙방, 부정과 비리에 좌절했네

18세 때 동학에 입도하여 접주로 땀 흘린 시간들

국모 복수를 행하다 투옥, 사형까지 확정됐네

사범 강습회를 열어 교사를 양성하던 열정의 시절

을사조약반대 상소운동, 신민회 조직, 독립의 길이여

백정白丁 범부凡夫, '백범'白凡 정신으로 결연히 나아가네

임시정부 초대 경무국장, 국무위원과 주석의 험난한 길

그가 흘린 땀과 피로 대한독립을 이뤄냈네

한국광복전선, 좌우합작 이념적 통합을 추구했네

결코 갈라져서도, 분단되어서도 안 된다는 굳은 신념

신탁통치에 결단코 맞서리라, 반탁운동 선두에 서리

완전자주독립노선으로 대한민국을 세워나가리

1949년 6월 경교장교 안두희의 흉탄으로 서거했네

한껏 오열하는 국민들을 향해 손을 흔드네

오, 사랑하는 대한민국, 나의 영원한 조국이여

"나는 우리나라가 세계에서 가장 아름다운 나라가 되기를 원한다. 가

장 부강한 나라가 되기를 원하는 것이 아니다. 내가 남의 침략에 가슴이 아팠으니, 내 나라가 남을 침략하는 것을 원치 않는다. 우리의 부력은 생활을 풍족할 만하고, 우리의 강력은 남의 침략을 막을 만하면 족하다."

실학의 길, 민생의 길, 민본의 길

인간의 길, 민생의 길, 민본의 길
실학을 집대성한 조선 제일의 천재이자 경세가
낡은 초상화에 새긴 다산 정약용을 떠올리면
그 위대한 애민정신, 휼민정신에 눈물이 난다

실용지학實用之學이요, 이용후생利用厚生이라
말만 무성한 공리공담의 세상은 가라
봉건제도 그 폐해를 개혁하려는 열정의 힘
유배와 형극의 길에서도 고뇌하며
진보적인 사회개혁안을 속속 내어 놓는다

수원 화성의 건축을 주도하는 웅대한 포부
거중기를 고안하여 새 건축기술을 세우네
온 힘을 다해 묵은 나라를 새롭게 만들자는
파탄에 이른 사회를 개혁하겠다는 다짐이네

당쟁의 폐해, 정치로부터의 소외는 고통의 연속

강진 유배, 참담했던 암흑기는 한없이 길었지만
연구서와 경집 232권, 문집 260권 방대함이란
오, 믿기 어려울 정도의 위대한 거보이자 유산이네

원시유학에서 성리학적 사상체계를 극복해낸 힘
무에서 유를 만들어낸 위대한 창의력과 열정
그에게서는 인간의 체취, 진한 향기가 그윽하다
인간의 길, 민생의 길, 민본의 길, 함께 걸으리라

애민의 힘, 휼민의 힘

국왕과 관료가 국민을 위해 제 할일을 하는
행정관리들이 공적 관료기구로 봉사하는 나라
절차적 정당성을 갖춘 권력을 행사하게 하는
애민愛民·교민敎民·양민養民·휼민恤民의 힘

목민지도牧民之道의 민본民本의식 실천에 나선
사회가 직면한 봉건적 질곡을 극복한 열정
평등하고 청렴한 공렴公廉의 경제로
불평등하고 부패한 경제를 개혁하는 뜨거운 열정

부자의 것을 덜어서 가난한 이들을 돌보고
강자의 힘을 견제해 약자들도 나누는 세상
손부익빈損富益貧 억강부약抑强扶弱 공생의 길
소득불평등과 양극화를 풀어낸 살 만한 세상이여

사회경제적 약자들을 배려하려는 마음
4대 궁인, 홀아비, 과부, 고아, 독거노인을 돌보자

노약자, 어린이, 초상을 당한 사람, 환우, 재난피해자들

사회와 국가가 배려하는 애민愛民사상

조선의 복지국가화를 꿈꾸던 위대한 사상가이자 실천가

여전론과 정전론까지 펼치다

오, 그대 상상의 나래로

위대한 실학을 집대성하였도다

다산정신, 실사구시의 길을 가다

내 유학의 병폐와 타락을 하나씩 짚어내리라
성리性理, 훈고訓詁, 문장文章의 답답한 세상
과거科擧와 술수術手, 틀에 갇힌 성리학이여

내 성현 공자에게 돌아가 세상을 바로 보리라
합리적이고 건전하며 실제적인 길로 가리라
신유학新儒學 건설로 조선 봉건사회를 혁파하라

그 모순을 극복하는 진지하고 진솔한 길
나를 주체적·혁명적 사상가였다고 말하지 말라
귀양지 강진에는 흰 눈이 펄펄 내린다

이건 감동이고 놀라운 변화를 이끄는 힘이다
귀양살이 온 주제에 책을 쓴다는 비웃음쯤이야
그 긴 고난의 세월을 꼼꼼하게 기억하리라

중앙 관리의 경력, 지방행정의 경험을 모두 모았네

암행어사 출두야 부르며, 탐관오리를 질타하였네
청년 시절의 왕환往還과 열정 어린 시절을 기억하네

부친의 임소任所 수행한 견문, 큰 힘이 되었네
우리 갈 길은 바로 현장의 소리, 소통과 경청
유능한 해결책을 만들어낸 그의 경륜을 돌아보네

이념도, 이익도, 철학도 다 넘어서 뜨겁게 포용하라
오직 중요한 건 민중의 힘, 민생의 이익, 공의의 길
실사구시, 실학의 길, 실용의 길, 큰 열매를 맺으리라

세종의 길, 성군의 길

나를 성군이라, 위대한 왕이라 부르지 말라
그저 시대에 충실하고 늘 최선을 다한 길

1397년~1450년, 54년의 짧은 삶이지만
32년 임금의 길은 위대한 업적으로 빛나네

12살 앳된 소년 충녕군忠寧君 봉해진 날 두려웠네
22살 청년 왕세자에 책봉되고 국왕수업 시작했네
양녕과 효령, 형들의 우애 속에 꽃피기 시작했네

이어진 태종의 양위, 마침내 왕의 길에 올랐네
즉위를 축하하는 백성들의 눈길, 긴장을 불러오네
오호라, 국민의 삶을 위해 나의 모든 것을 던지리라

유교정치의 기틀을 마련하고, 의례와 제도를 정비하라
쉼 없는 독서와 성현들의 가르침을 실천하는 길
경험과 경륜, 지혜를 모두 모아 역사를 변혁했네

백성들이 편하고 쉽게 쓰도록 위대한 한글을 창제했네
방대하고 거대한 편찬과 출판, 법률, 헤아릴 수 없네
그야말로 세상의 변화를 주도한 혁신군주, 성군 중의 성군

농업과 과학, 의약기술의 발전, 하나같이 눈부시네
아악기를 만들고 아악보를 다듬은 크나큰 음악 사랑

법률제도의 정착과 국토 확장을 통한 민족국가로의 진입
그 위대한 족적과 헌신, 조선 600년 역사를 빛나게 했네

협상의 길, 성공의 길

수십만 대군의 함성에 둘러싸여
목숨을 걸고 진입한 회담장은 생경하다
변발을 하고 거친 수염을 휘날리는
중국 대륙을 누비던 거란의 군인들
무시무시한 기세에 욕설까지 들린다

군막을 가득 채운 창과 칼
갑옷을 입고 투구를 쓴
그들의 입가에는 핏빛 전투가 서렸다
오랑캐의 복장을 초연히 응시하던
서희의 눈길이 허공에 머문 채 묘하다

서희의 눈매가 곡진해진다
토착 호족 출신인 아버지에 이어
재상에 오른 고려의 지배세력 아니던가
그러나 거란의 군사력에 기가 눌린
조국 고려의 형세는 풍전등화, 백척간두

그럼에도 적진 속 서희, 표정에 미동도 없다
적장인 소손녕 거만하게 신하의 예를 요구한다
뜰에서 절하라, 아니 들어줄 수 없지 않은가
거절하는 서희, 고집스런 서희, 곤혹스런 소손녕
마침내 서로 대등한 예를 행하고 대좌한다

소손녕, 침입의 명분 들어 항복을 요구한다
"신라 땅에서 일어난 고려가 고구려 땅을 침식하고 있다.
본래 거란 것이니, 고려가 점령한 고구려 땅을 내놓으라.
거란과 땅을 접하면서도 송나라를 섬기는 건 안 될 일
고려의 땅을 떼어 바치고 조빙^{朝聘}하면 무사할 것이다."

서희의 표정에 거친 파도가 태풍처럼 지나간다
"우리나라는 고구려의 옛 터전을 이은 고려다.
평양을 도읍으로 삼은 것도 마찬가지 이유다.
압록강 안팎도 우리 경내였는데 여진이 도거^{盜據} 중이다.
조빙을 못한 것은 여진 때문이니 함께 여진을 쫓아내자."

당당하고 굳은 표정의 서희, 말을 잇는다
"우리의 옛 땅을 여진으로부터 되찾게 도우라.
우리가 성보城堡를 쌓고 도로를 통하게 하면
감히 조빙을 하지 않겠는가, 생각해보라."
고개를 끄덕이는 소손녕, 탄복해 서희를 바라본다

그대야말로 진정 세상의 이치를 아는
통찰력을 갖춘 시대의 선각자요
국제정치의 맥과 흐름을 꿰뚫고
폭넓은 안목과 시야를 가졌구려

그대야말로 진정 천군만마를 호령하는
장군의 기상과 호기로움을 가졌구려
약소국인 고려의 주장을 이해하고 실행하는
진정한 포용력과 배려심을 갖춘 그대를 존경하오

협상의 힘은 이렇게 세계사를 바꿔놓았네

서로를 적대하면서도 상대를 인정하는 힘

세 치 혀로 장대한 영토와 백성의 목숨을 구한

그대야말로 협상의 신이요, 고려의 구세주라

글씨에 우주를 담았다

70평생 글씨와 예술로 우주를 담은 이
추사, 완당, 예당, 시암으로도 불린 이
농장인, 천축고선생 세상을 놀래킨 천의무봉
시서화, 예술의 힘을 드높인 고고함이여
뛰어난 학식과 인품에도 고난의 인생길 가네
제주도로, 북청으로 쫓기듯 유배 가고 귀양 가네

학예學藝와 선리禪理에 몰두한 귀한 삶이여
결코 시대에 굴하지 않는 철학과 학문의 깊이여
금석학金石學·사학·문자학·음운학·천산학天算學·지리학
어느 학문, 어느 학파, 거칠 것이 없어라
실사구시實事求是 경세치용經世致用
세상을 꿰뚫어보는 맑은 눈은 깊이 헬 수 없네

병조판서 부친과 수많은 옥사 때문에 유배 또 유배
고난의 길에서도 학문을 놓지 않았던 시대의 거인
북학파 박제가의 제자 되어 고증학에 심취하다

연구에 몰두해 조선금석학파를 역사 속에 세웠네

두루 통한 학문의 깊이와 넓이는 당대 제일

청조차 '해동제일통유'海東第一通儒로 극찬한 석학

서투른 듯 맑고 고아한 졸박청고拙樸淸高 추사체秋史體라

법식에 구애되지 않는 고도의 이념미 드러냈다네

청고고아淸高古雅, 맑고 고결하며 예스럽고 아담한 난이여

문자향, 서권기, 마침내 무르녹아 손끝에 활짝 피어나네

서투른 듯 맑고 가는 졸박청수拙樸淸瘦 보기 좋네

세한도歲寒圖, 모질도耄耋圖, 부작란도不作蘭圖 활짝 폈네

완당척독阮堂尺牘, 담연재시고覃揅齋詩藁, 완당선생집

하나같이 명작이고 감동의 연속이네

예술가, 서예가, 학자에 머무르지 않던 진정한 지식인

시대의 전환기 이끈 신학문과 신사상을 펼쳐냈네

왕조문화를 혁파하라, 신문화 펼친 위대한 선각자네

광주여, 부마여, 대한민국이여

광주에서, 부산에서, 마산에서
우리 목숨을 걸었다
민주주의 그 길을 한없이 외쳤다,
광주에서, 부산에서, 마산에서
거친 탄압의 발길질 군인의 총부리들
우리 무섭지 않았다,
우리 함께 나아갈 길, 오 광주여, 부산이여, 마산이여
마침내 서울로, 시청광장에 운집한
민주주의여, 역사와 꿈의 열정이여
대한민국이여, 광주항쟁이여, 부마항쟁이여

우리 함께 어깨 걸고 나아가네
우리 함께 두 손 잡고 진군하네
파도처럼 몰아쳐 오는 민주주의의 열풍이여
바람 가득 정의로운 세상 향해 끝까지 달려가네
영원히 함께 손잡고 달려가네

자유, 평등, 평화, 통일, 민주주의 꽃이 활짝 피어나네

부마여, 광주여, 촛불이여

온 한반도와 지구촌을 밝혀준 민주주의여, 평화여

광주의 꿈을 담아 찬연히 빛나리라

광주여, 광주민주항쟁이여

부마의 꿈을 담아 찬연히 빛나리라

부마여, 부마민주항쟁이여

아름다운 인생
-김대중 대통령을 그리며

남녘바다 헤쳐 나온, 흔들림 없는 정의의 여정
바르게 산 자에게 영원한 패배는 없을지니
살아서도 승자, 죽어서도 승자가 되는 꿈이여
행농하는 양심이 되어 버텨낸 우리 조국,
대한민국이여, 우리 대한민국이여!

강철 같은 신념으로 꽃피워낸 민주주의의 길
군부독재를 떨쳐내리, 국회를 빛낸 의회주의여
하늘에서도 국민을 존경하고 사랑하는 당신
우리가 깨어 그대와 민주주의 지켜나가리,
민주주의여, 우리 민주주의여!

인동초 되어 견뎌낸 길, 수많은 눈물을 흩뿌리다
생각할수록 아름다운 인생, 끝끝내 함께 펼쳐 올렸네
그대의 피와 눈물 속에 꽃피어난 우리 한반도여
우리의 민주주의와 평화, 평등과 자유, 정의와 진실
아, 김대중이여, 김대중! 김대중!

소년공, 정의로운 길을 가다

어두운 세상이다
늘 고민되고 고통스런 삶의 지점들
어떻게 올바르게 살 것인가
삶의 화두를 어떻게 실천할 것인가

곡학아세 교언영색 지록위마 표리부동
이렇게 살아야 출세하고 부자된다는데
떵떵떵 출세하고 입신양명한다는데
나는 그게 싫어, 정의의 길을 갈 거야

강자에게는 굽실대며 약자에겐 군림하는
상사에게는 딸랑딸랑 부하에겐 꾸짖음을
그런 세상은 결단코 원치 않아
서로 배려하고 당당한 세상이 좋아

약자에게는 더욱 강한 힘과 보살핌을
강자에게는 견제와 감시, 나눔의 길을

모두가 함께하는 세상이어야 해
소년공 악다문 입술에 세상은 하나씩 변했다

그래서 억강부약 대동세상 하나씩 실천한다
서로가 함께하는 기본사회, 공명정대의 길
밝고 환한 그 길에 함께 손을 잡는다
모두가 행복하게 권력을 나누는 대장정

마늘과 쑥도 없는 고통스런 24일 단식이라
고단한 세월과 편견에도, 탄압에도 끄떡 없네
당당하고 의연하게 독선의 부정부패 척결하고
친일파 매국노 단죄하고 민족정기 곧추 세웠네

마침내 골목마다 인정 가득 화기애애 웃음꽃
함께 지혜롭고 정의로운 그 길로 가세
민주주의와 평화, 진실과 정의 가득한 권력으로
암울하고 어두웠던 세상을 환하게 밝히세

홍익인간 광명이세 제세이화 인내천 함께 펼치세

가자, 모두가 행복하고 정의로운 세상을 향해

바위처럼

흔들리지 말아야 한다

당당하게 버텨야 한다

내 모든 걸 바쳐 지켜온

철학과 가치, 소명이여

꿈과 소망, 열정이여

거칠게 흔드는 외부의 질시와 공격

쉼 없이 비트는 타인의 비난과 음모

흔들림 없이 바위처럼

세상의 중심을 지탱해야 한다

내 모든 힘을 모아 안간힘을 쓴다

내 여러 꿈을 담아 온 세상을 버팅긴다

절대 흔들리거나 비틀거리지 않으리

결코 쓰러지거나 좌절하지 않으리

바위처럼

하늘처럼

우주처럼

단단하게 버티고 딛고 서서

든든하게 마음을 잡아당겨

누구든 의지할 수 있는 천 근 무게가 되고

아무나 기댈 수 있는 시원한 그늘이 되리

누구도 범접할 수 없는

위풍당당 의기양양

결코 기죽지 않고 좌절하지 않고

천년의 세월, 만년의 풍설

단련하고 담금질한 그대

김구처럼, 홍범도처럼, 김좌진처럼, 지청천처럼

이범석처럼, 이회영처럼, 안중근처럼, 유관순처럼

바위처럼 단단하게 버틸 일이다

바위처럼 당당하게 살 일이다

바위처럼 위대한 길을 열어갈 일이다

행복을 위한 진실의 기도

매일매일 행복한 사람이 되게 하소서
불행과 슬픔의 그림자를 걷어버리고
굴종과 비굴의 가면극을 떨쳐버리며
진실과 진리를 온몸으로 실천해내는
공정하고 정의로운 사람이 되게 하소서

살기 좋은 세상을 위해 용감하게 도전하며
사회적 약자들과 관용과 배려를 나누며
아픈 이들의 질병과 고통을 치유케 하며
상처 입은 이들에게 건강의 손길을 건네는
세상 속에 행복한 사람이 되게 하소서

친구에게 우정과 배려를 나눠주고
동료에게 위로와 치유의 손길 건네고
주위를 기쁨과 미소로 환하게 하는
모두에게 소중하고 아름다운 추억 담아주는
늘 정겹고 행복한 사람이 되게 하소서

부모에게는 따뜻한 보살핌과 효성을
형제에게는 나눔과 존중의 온화함을
부부에게는 사랑과 배려의 무한믿음을
자식에게는 신뢰와 성장의 자기실현을
함께 기쁨과 성공을 나눠 이루게 하소서

바위처럼 든든한 신뢰와 열정의 힘 우뚝 세워
타인과 함께 배려와 희생의 길 걷고
헌신과 소통, 나눔과 배려를 통한 소망의 날
기쁨과 행복, 행운과 건강의 삶을 살게 하소서
마침내, 마침내 진정 행복한 사람이 되게 하소서!

정치인이여, 시를 읽고 노래하라

수필가 피천득 선생은 말했다
정치인이 되려면 시를, 시를 읽어라
욕망과 죄악을 경계하게 될 것이다
범죄와 악을 하나씩 밝혀나갈 것이다

그래서 정치는 중요하다
진실과 정의에 눈을 떠라
마음을 열고 세상의 소리를 들어라
타인과 국민의 삶을 돌보라
그러면 세상은 너에게 화답하리라

정치의 타락은 용서할 수 없다
무능하고 무지한 정치도 안 된다
무책임한 발뺌의 정치는 심판하리라
대립과 갈등을 끝내고 손을 잡으라
오직 한 길 국민 섬기기에 헌신하라

정치의 길에는 암초와 돌멩이뿐이다
온통 어둡고 험난한 파도와 태풍뿐이다
곳곳에서 음모와 배신이 판을 친다
그래도 국민을 믿고 가면 된다
헌법을 믿고, 민주주의를 따르면 된다

그래서 정치인은 시를 읽어야 한다
시인이 좌절하고 고통 받는 이유를 알아야 한다
굶주린 예술가, 힘겨운 서민의 삶을 챙겨야 한다
그들을 살피는 법을, 정책을 만들어야 한다

정치인이 시를 읽고 인생을 알 때
정치는 시인의 꿈을 이해할 때
더불어 감동적인 그림 앞에서 눈물 흘릴 때
덤으로 아름다운 가곡 한 소절 소리 높여 부를 때
정치의 진정한 존재이유를 확인할 것이다
정치는 기어코 살아남을 것이다

서대문연가

홍제천 유장한 물길 웅장한 폭포줄기
부푼 내 마음 사랑 가득한 쪽빛하늘

안산의 사락길 노을빛 찬란한 그대여
다정한 연인들 손잡고 거니는 서대문

가슴엔 사랑이 일상엔 미래행복 가득한
우리의 사랑, 우리의 꿈, 서대문이여

당당한 독립문 민족의 자존심 찾았네
고통의 형무소 흩어진 애국심 모았네

독립만세 민주주의 외친 연대여, 이대여
신촌 거리에는 낭만과 사랑이 가득하네

가슴엔 사랑이 일상엔 미래행복 가득한
우리의 사랑, 우리의 꿈, 서대문이여

6부

고양이와
춤추다

세상을 흔든 고양이

세상 사는 이치를 깨달은 고양이
지붕 위에 올라가 질주한다
창공도, 구름도, 대지도
모두 제 것처럼 호흡하며
우주 가득한 기운을 내뱉는다
고양이 천하에 모두들 고개 숙인다

지혜로운 눈길, 번득이는 눈빛
강력한 이빨, 날카로운 발톱
어느 하나 만만치 않은 고수다
야행성이라 밤이 좋은 그대여
눈빛을 번득이며
귀를 재빨리 회전시켜 소리를 찾아내는
영험함 가득한 감동의 움직임들

아침이면 청정한 물을 찾아
가득 마시고 포효한다

날카로운 어금니는 가위가 되어
세상을 뚝딱 요리해낸다

어미의 품을 떠나
일면식 없던 내 품에서
병마와 싸우고
마침내 질병을 이겨낸 강인한 그대
별빛 비추는 사랑의 힘을
기다란 수염 속에 품어낸다

배변 후 모래를 파내 다시 덮는 깔끔함
조그만 결함도, 작은 결점도 용인하지 않는다
스스로 몸단장 하며 세레나데를 부른다
호랑이를 만나면
친구 되어 어깨동무하고
사랑을 만나면
무한신뢰, 우주의 기운을 나누리라

노르웨이숲, 그 우아함에 대하여

숲 중에서도 가장 아름답고 멋지다는
바로 그 노르웨이 숲을 아는가
추위에 강하면서도 의젓한 노르웨이 숲의 요정
대담하고 침착하면서도 착한 냥이

체격도 태도도 위풍당당한데
정답고 사랑을 속삭이기 좋아하네
운동량이 많고 추위에 강하지만
그 긴 털과 속털이 빠지면 정신이 없네

때로는 피부질환, 모구증에 시달리고
다양한 질병으로 힘겹게 보내지만
맹추위 노르웨이에서 자랐기에 당당하다
눈 속을 뛰어다니며 놀았기에 이깟 추위쯤이야

척 보기에도 멋지고 풍성한 피모가 비밀이지
방수성이 뛰어난 풍성한 커버코트가 보호하고

공기를 함유하기 쉽도록 양이 많고 곱슬한 언더코트
그 이중의 더블코트가 있기에 멋진 외모도 가졌지

우아함과 기능성을 겸비한 실용적인 롱헤어
스웨터를 짤 수 있을 만큼 털이 많은 냥이 중의 냥이
11세기 스칸디나비아 바이킹이 인연이 되기도 했지
터키의 비잔틴 제국에서 데려온 앙고라 계통도 있어
그만큼 기원이 매우 오래된 역사적인 고양이지

냥이 중에서도 가장 우아하고 정겹다는
바로 그 노르웨이숲을 아는가
우리에게 기쁨과 희망을 전하는 요정
그래서 온 마음으로 사랑하는 그대 노르웨이숲

노르웨이숲, 찬란한 광채여

보라, 힘찬 근육질의 몸과 풍성한 코트들
긴 다리와 날렵한 콧대를 가진 나
겁 없고 대담한 위풍당당 사랑 고양이지
다소 낯을 가리지만 위협하지 않으니 안심해

북유럽의 추운 날씨를 견딘 굵고 긴 털이 어때?
몸집이 크고 근육질로 이루어져 튼튼하다네
귀에는 장식모가 나 있고 우아하게 뻗어나가지
공주 중의 공주냥이지

고급스럽고 우아한 줄무늬를 가져 빛나고
세상 뭇 여인과 귀부인들의 사랑을 가득 받곤 하지
부드럽고 빽빽한 속털과 기름기 있는 겉털
많은 사랑을 건네주는 사람들이여, 도열하라

보온과 방수, 사랑의 텔레파시를 보내고
마구 껴안아주고 싶은 진한 애정을 유발하곤 해

온 방안과 실내에 털을 뿜으면
뭉치지 않는 털은 알레르기로 골칫덩어리지

그래도 그대는 평화와 사랑을 주는 귀한 존재
사근사근하고 부드러운, 폭 안겨오는 그 포옹감
사람을 좋아하고 나를 사랑하는 그 애교와 친절함
날로 날로 사랑스러움이 사과처럼 익어가는 그대여

숲속을 질주하던 그 활발한 야생성을 숨길 수는 없지
나무타기, 공놀이, 낚싯대놀이, 공중돌기 모든 게 가능해
때론 과격하고 가끔은 사랑스러운 우리의 보물
환하게 반겨주는 그대 덕분에 내 삶은 충만해진다

러시안블루와의 사랑 이야기

그녀와의 만남은 놀라움부터 시작됐다
그 실크 같은 피모에 깜짝 놀랐다

그 또랑또랑한 눈동자가 거침없음에 당황했다
익숙치 않음을 거부하는 왕실경호원의 위풍당당

그 날카로운 발톱에 내 손가락에 흐른 선홍색 피
그래도 그대 향한 나의 사랑은 줄어들지 않아

세상을 호령하는 러시안블루, 당당한 눈길이여
북국 출신의 회색빛 파란 요정, 춤을 추네
아크엔젤 블루의 날렵한 몸짓은 눈부시다

누구도 의식치 않고 표표히 뛰어가는 뒷모습
소심하기도 하고, 때론 귀여운 어리광쟁이가 된다
4kg 날렵한 몸으로 놀라운 발놀림은 재빠르다

운동량이 많기로 유명한 이 고양이는 잠도 많구나
추위에 강하지만, 그래도 늘 웅크리고 취침 중
쉼 없는 털 빠짐에 집안은 온통 털투성이가 된다

그래도 바다처럼 깊은 푸르른 눈동자에 빠져 든다
느긋하게 바라보는 그 검푸른 심연은 정겹기만 하다

피부질환, 요로결석, 쏟아지는 온갖 질병의 공격에도
어떤 비난에도, 위협에도 굴하지 않는 강인함이여

얌전하고 우아한 고양이로 불리는 야옹야옹 블루
슬림한 체형과 신비한 에메랄드 눈동자는 눈부시다

늘 사랑을 건네는 시크함, 요염함, 신비한 모습
세상을 아름답고 환하게 빛내는 내 사랑이어라

러시안블루, 그 애정을 추억하며

블루그레이의 모색은 나를 깜짝 놀라게 했다
서로 안고 싶어 하는 천정부지의 인기를 누린다

새끼 때 황금색이던 눈은 점점 푸른빛을 띤다
성장하며 초록색으로 푸른색으로 변신하는 신비함

러시아 황실의 경호를 맡아 동분서주하는 그대
블루 고양이, 그 파란 냥이가 바로 그대라네

러시아뿐 아니라 영국도 스웨덴도 힘을 모았네
브리더들의 땀으로 개량된 러시안블루가 되었네

북쪽 출신의 아름다운 묘령의 냥이 춤을 추네
언더코트가 풍성한 더블코트, 매력은 넘쳐나네

실크처럼 조밀한 피모, 블루 컬러는 한층 아름답네
예민하고 수줍은 그대는 늘 다소곳하게 고개 숙이네

온화하며 애처로운 눈길로 나에게 사랑을 고백하네

작은 울음소리, 조용하고 얌전한 성격, 매력 가득

오, 늘 그립고 사랑스러운 고수, 러시안블루의 여왕

순수와 함께 영원히 기록될 고양이의 여왕

고양이 찬가

야옹 야옹 야아옹 야아옹 야옹야옹야옹

꿈을 꾸는 눈동자 빛난다
그의 틸은 하늘을 나는 양탄자
사랑을 전하는 행복의 전령사
하품하는 입술마다 소망이 넘실대네

고양이는 바람이다, 불어오는 야옹
고양이는 꿈이다, 졸면서도 야옹
고양이는 연이다, 하늘에 걸려 야옹

연인처럼 야옹야옹야옹
친구처럼 야아옹야아옹
사랑으로 야옹야옹야옹
우정으로 야아옹야아옹

냥이는 달콤한 키스를 건넨다

알콩달콩 살림을 차렸네

냥이는 사랑의 신호를 전한다

알록달록 하트모양 꾸몄네

야옹야옹 우리 냥이, 야옹야옹 우리 아가

하늘과 별과 바람, 그리고 고양이 축제라네, 야옹야옹야옹

창공을 보며 꿈꾸는 우리 냥이

바다를 보며 사랑하는 우리 냥이

그대로 온 세상을 빛내는 위대한 존재여

야옹야옹 냥이에게 사랑을

야옹야옹 냥이에게 기쁨을

야옹야옹 냥이에게 행복을

꿈을 여는 아름다운 존재여, 사랑이여

야옹 야옹 야옹 야아아옹 야아아옹 야옹~

냥이에게

구름이 흘러가고
태양은 빛나니
심장 속까지 뜨겁게 불어오는
오, 사랑의 기쁨이여

명민한 눈동자가 번득,
예민한 귓잔등이 선득,
오밀조밀 발가락이 흘끔
온 몸으로 세상을 느낀다

사방에서 바삭거리는 이파리들
구석에서 날아다니는 날것들
바닥마다 삐걱거리는 마룻장들
순간마다 냥이의 가슴은 넘실댄다

위에는 하늘의 무게가 눌러오고
아래서는 대지의 기운이 올라오네

포위된 냥이는 어디로 갈까
순간 울려퍼지는 오케스트라의 화려한 연주여

야옹 야옹 야옹 야아옹 야아옹 야아옹
피아노 반주에 바이올린 선율에 맞춰
야옹 야옹 야옹 야아옹 야아옹 야아옹
클라리넷 화음 흐르다 큰 북이 쿵쾅 야아오옹 야아오옹

냥이는 아직도 꿈을 꾼다
냥이는 여전히 미소 짓는다
냥이는 언제나 사랑을 전한다
우리의 사랑, 우리의 꿈, 냥이의 기쁨이여
야옹 야옹 야옹 야아옹 야아옹 야아옹 야아오옹 야아오옹

냥이의 꿈

냥이를 안고 있으면
포근하다 야옹
냥이와 포옹을 하면
따뜻하다 야옹
냥이와 사랑을 하면
달달하다 야옹

우리 냥이 이름은 순수다
그야말로 이름 그대로
깨끗하고 청아한
순정의 화신, 연정의 불꽃
착하고 귀여워
보기만 해도 미소가 솔솔

한 점 잡티 없이
한 끝 어지러움 없이
한 자락의 소란스러움도 없이

늘 사랑스러움 그대로
늘 아름다운 빛을 내고
늘 귀여움 세상 밝히네

문을 열면 후다닥
우주를 빛의 속도로 날아
훨훨 뛰어오는 우리 순수
그 위대한 사랑
그 절실한 기쁨
오, 나의 사랑이여

사랑하는 냥이에게

그대가 내게 온 뒤로
세상 다시 살 수 있게 되었네
그대가 말을 건넨 뒤로
세상 다시 환한 빛을 찾았네
그대가 날 바라본 순간
세상 위대한 우주를 되찾았네

그대가 건네는 위대한 사랑의 힘
그대가 전해준 따뜻한 배려의 힘
그대가 보내준 소중한 소통의 힘

나무여, 꽃잎이여, 구름이여
풀이여, 그네여, 통조림이여
낚싯대여, 장난감이여, 방석이여
고양이가 사랑하는 물건들 함께 춤추네

함께 뛰어가네

함께 노래하네
함께 산책하네
함께 날아가네

온 세상의 고양이들이 모여
다같이 건네는 사랑의 메시지여
고양이들이 모여서 요리를 하네
다같이 춤을 추며 축제를 즐기네

고양이는 잠들지 않는다

고양이가 하루 종일 하는 건
소파에 기대고 구들에 엎드려
깊은 잠과 옅은 잠을 반복하며
세상을 관조하는 것이다
누구에게도 무엇에도
쉽게 흥분하지 않고
냉정하고 차분한 눈길로
세상의 변화를 관찰하는 것이다

큰 하품과 함께
주인이 건네는 하루 식사를
맛있게 먹고 쉬었다가
요리조리 몸을 흔든다

기다랗게 몸 늘리기 후
횃대 위로 올라가
창밖을 바라보며

얼음꽃이 피어나는 겨울을 탐색한다

어떤 공격이나 비난에도 흔들림 없이
단단한 평상심으로
자신에 대한 사랑을 받아들인다
놀랍도록 무서운 사랑의 힘이다

몽실몽실 날리는 가느다란 털들
새들을 쫓는 놀라운 속도의 질주
선잠이 깨어 화난 듯 기둥을 오르다
어느새 포근한 잠의 세상에 빠져든다

그래서 고양이는
절대 울지 않고 웃지 않는다
야옹 울리는 소리마다
사랑과 애정이 녹아들어 있다
그래서 고양이 울음에서는

따뜻한 정겨움을 읽어야 한다
잠들어도 결코 잠들지 않는 고양이

매일 밤 잠자리 옆에
함께 누워 잠을 청하는 그대
그 놀라운 차분함과 뜨거운 사랑노래
내 눈길에, 꿈속에, 심장 가득
고양이 연가가 울려 퍼져 따스하다

순수와 함께 꿈꾸다

끝없는 사랑, 그대 이름은 순수
늘 아름다운 미소 가득 날 바라보네

긴 머릿결 날리며 하늘을 보네
그 눈동자 호수처럼 맑고 아득하네

영롱한 눈빛 내 가슴은 타오르네
달콤한 속삭임 내 심장은 뜨겁네

그 사랑의 힘 참으로 순수하여라
그 열정의 꿈 참으로 순수하여라

순수하여 아름답고 순수하여 기쁨이어라
순수하여 꿈길 같고 순수하여 영원하리라

7부

꽃들의

세상

생명의 힘

길가 지날 때마다 당당하게 자라던 쇠비름을 아는가
귀찮게도 끈질기게 끝끝내 살아남던 잡초라네
뽑아버려도 어느새 그 자리에 착근해 살아남고
적갈색 빛나는 위용, 비천하되 당당한 삶이여

그러나 그대는 역시 다루기 어려운 문제아 중 문제아
여름작물 포장 때 방제가 제일 힘든 문제잡초라네
찌그러진 원형 종자, 거친 가장자리에 검은빛
그렇지만 사방용으로 심어서 산천을 보호할 수도 있다네

죽어라고 땡볕 아래 두어도 팔팔 살아나는
그래서 징하다고 오매 징하다고 푸념하던
농부의 입담이 더욱 걸죽해지던 친숙한 풍광이여
생명력의 원천, 삶의 정수를 보여주는 고귀한 잡초라네

서로 경쟁이 없으면 비스듬히 옆으로 퍼진다네
그만큼 서로를 미워하지 않는 정겹고 풋풋한 삶

봄여름이면 연한 잎과 줄기 푸르름을 선사하고,
나물로 죽으로 겉절이로 초고추장에 무치면 천상별미

비빔밥에 넣으면 향기 가득, 쌈으로 먹으면 꿀맛이네
요즘은 약효까지 뛰어나다는 소문에 귀한 몸이 됐네
발효액으로, 나물로, 건강식품으로 모두들 찾는 귀한 몸
가지 끝 황색꽃 세상 치유할 힘과 지혜가 나온다네

관절염 소아경풍 시력감퇴 저혈압 피부병도
편도선염 종창 월경이상 임파선염 흉부냉증까지 척척
이제는 만병통치 약용식물로 세상의 큰사랑을 받네
그래서 쇠비름은 개천에서 용이 된 존귀한 잡초라네

봄빛연가

봄꽃 피어난 날 흐드러진 꽃망울들
가슴 시린 아름다운 계절이여
화사한 개나리, 화려한 진달래
그대의 영롱한 눈빛, 심장을 뒤흔느네

거리마다 진홍빛 꽃비바람 흩날리면
감동이 차오르는 진한 색의 행렬
봄빛으로 타오르는 이 계절은
사랑으로 충만한 진실과 꿈의 전령사

우리 온몸의 촉각이 소리 없이 분주하다
세상을 요리조리 탐색하는 무수한 움직임들
내 몸 곳곳에서 열정으로 활짝 타오른다

햇빛 한 조각에 싹을 틔우는 풀들
별빛 한 구석에 꿈을 키우는 아이들
달빛 한 모금에 꽃을 피우는 나무들

봄은 가슴을 두드리는 열정으로 피어난다

봄이 있기에 태양은 따스함을 전하고
봄이 있기에 나무는 신록을 기르고
봄이 있기에 사람은 아이를 키우고

봄은 청년의 희망과 소망을 담은
신선하고 푸른 열매로 세상에 맺힌다
봄은 청년과 뜨거운 눈물을 흘린다

사과꽃 편지

사과꽃이 아련하게 피어난다
흰색, 분홍색, 초록색이 섞인
그야말로 가슴을 아리게 하는 꽃망울
우리 모두 한 마음으로 모여
빛나는 사과꽃으로 피어나면 좋겠다

사과나무 가지마다 햇살이 걸렸다
햇살은 눈부셔서 바라보기도 힘든 광채가 있다
가지에는 푸른 연록색의 이파리들이 춤을 춘다
사과열매가 맺힌 가지마다 햇살로 탄탄해진 근육들
사랑 담은 봄바람으로 더 힘차게 그네를 탄다

척박한 현실로 힘겨운 우리의 소망이 주렁주렁
빨갛게 립스틱을 바른 열매들도 치렁치렁
여름햇살을 받아 가을걷이를 한 성숙의 계절
기나긴 숙성의 시간을 거쳐 영혼을 밝혀준 시간들
파란 색에서 빨간 색으로 변신한 아름다운 당신

성숙한 향기를 풍기는 사과는 추수의 계절을 맞았다

한 알, 두 알, 세 알, 네 알, 끝없는 수확의 기쁨

우리 가슴에 선연한 청량감이 퍼져나간다

가을의 사과농사는 감동 그 자체다

기쁨과 환희, 사과 한 알에 혼이 서렸다

사랑과 소망, 과육에 생명수가 담겼다

한 해를 수확하는 농군의 마음에는

사랑과 생명, 사과의 꽃말이 그대로 새겼다

신이 전령으로 임명한 사과꽃 편지마다

따뜻하게 전해지는 우리의 사랑이여

나무처럼, 꽃잎처럼

나무는 늘 당당하게 이겨낸다
나무와 나무가 하나가 되고 친구가 된다
모르던 나무도 어느새 서로를 위한다
어디든 뿌리를 내리면 그곳이 고향
친구끼리 이웃끼리 소통하다 보면
가족보다 친척보다 더 가까운 사이가 된다

세상은 그렇게 따뜻한 곳이다
병든 할머니의 손을 잡아 일으키는 소년
넘어진 노숙자에게 물을 건네는 소녀
시름 겨운 어머니를 슬며시 안아주는 소년
실의에 빠진 아버지의 어깨를 부드럽게 주무르는 소녀
피붙이와 혈육이 서로 몸을 기대고
머나먼 여정, 살얼음 추위를 함께 지낸다

마천루 숲에는 도심의 시름이 깊어만 가고
인간은 황홀한 무지개가 피어나길 기다린다

미세먼지 걷히고 맑은 청정공간이 펼쳐진다
오염되고 혼탁한 세상에서 벗어나고 싶어
늘 푸른 산소를 공급하는 나무의 힘과 열정
가지마다, 이파리마다 푸른 이야기 열매가 맺혔네
꽃잎이 활짝 펼쳐지고 시심도 뭉클 피어나네

꽃잎은 거센 폭풍우 속에서 피어난다
우아한 천사처럼 역경을 이겨낸 환희
나무와 꽃잎은 그렇게 위기 속에 커나간다
어린 왕자도, 앳된 소년도 매일 한 뼘씩
세상의 끝에 닿을 듯 쑤욱쑥 커나가고
하늘 가득한 먹구름도 곧 걷힐 듯 쿵쾅거린다

나무와 꽃잎이 세상을 아름답게 하는 순간
내 삶도, 당신의 삶도, 우리의 삶도
더욱 화려한 절정으로 피어난다
나무의 생명력

꽃잎의 발화력

마침내 장엄한 우주의 백야로 장식할 때

태양의 웅장한 폭발과 함께

우리의 삶도 당당하게 피어난다

가을나기

감사한 계절이다
행복한 나날이다

감사한 순간이다
씨 뿌리는 봄의 다짐도
땀 흘렸던 여름의 헌신도
이제는 흐뭇한 추수와 함께
풍성한 짐을 가득 싣고
귀가하는 즐거운 시간이다

행복한 시간이다
아침부터 온 힘을 다해 뛰었고
한낮에는 땀방울 가득한 열정들
늘 한 발, 한 발 정성을 다해 내딛으면
삶은 조금씩 전진하며
고귀한 결실을 하나씩 맺어준다

나른한 오후다

오전 내내 최선을 다해 질주하고

숨 쉴 틈 없이 내 영혼을 쓰다 보면

어느새 오수의 신, 내 고개를 끄덕이게 한다

내 언제든 열정의 발걸음으로

신의 계시처럼 나를 수호하는 영혼이여

생애를 바쳐 피워 올린

꽃과 잎을 버리고 나무는

마침내

하늘을 향해 선다.

하늘하늘 열리는 하늘의 문

마침내 완성의 길

화룡점정 염화시중의 미소로

기나긴 길을 열어주네

기다리는 마음

봄밤을 기다린다
배꽃이 활짝 피고
개나리가 환한 밤
진달래도 화사한 시간
봄빛 눈부신 봄밤이여
어서 오라
동면을 마치고 깨어나는 대지여
온 몸으로 그대를 맞이하리

여름밤을 기다린다
장미꽃이 가득 피어나고
해바라기 하늘을 수놓네
접시꽃과 함께 당신이 오네
열정 가득한 여름저녁이여
함께 오라
땀방울 훔치는 여름산하여
다 같이 손잡고 그대 환영하리

남국에서 달려오는 그대
북국에서 뛰어오는 그대
함께 사랑을 나누고 기뻐하기에
우리는 늘 한마음이네

가을밤을 기다린다
큰꿩의비름 산하를 물들이고
가새쑥부쟁이는 춤을 추며 피어난다
수크령도 호응해 산정에 스크럼을 짠다
추수하는 마음으로 가을밤을 수확하리
다 같이 오라
가을단풍의 찬란한 향연을 나누리
우리 모두 그대와 축제를 벌인다

겨울밤을 기다린다
동백꽃이 피어나면 빨간 연정이 만발한다
매화꽃은 지조가 넘치는 품격으로 단장한다

오리나무는 찬바람에 맑은 꽃망울을 틔우네

거센 추위도 사랑의 온기로 품어주리

모두들 오라

겨울 한파의 혹한도 거뜬하게 이겨내리

우리는 서로의 손을 잡고 한기를 이겨낸다

우리는 사랑을 나눠 가진다

사랑의 마티네타, 세레나데 울려퍼진다

가슴이 뛰는 이 위대한 사랑의 힘이여

느껴진다

그대의 따뜻한 기운

사랑의 온유함이여

저 하늘 별밤에 사랑이 걸리면

안도의 한숨 내쉬며 서로를 안네

기쁨의 함성 외치며 세상을 안네

우리 함께 손잡고 살아가리

꽃 피어나는 날

눈이 맑아지는 건
바로 너 꽃잎의 개화 때문이야
활짝 피어나는 꽃의 요정
가지에 흔들리는 ⊥ 꽃의 입술이여
내 마음속 진한 감동이여

눈이 부신 봄날
내 눈은 늘 꽃이 피는 때를 기다렸지
햇빛은 광합성작용으로 격려하고
우리는 물을 뿌리며 수분을 공급했어
곧 피어날 너의 아름다운 출산을 기다리네

우리가 전하는 사랑의 소식
꽃은 좀체로 세상에 나오지 않는다
서운하게도 꽃의 모습은 좀체 볼 수 없다
눈이 어두운 것일까, 너무 성급한 것일까
위대한 탄생의 순간을 기다리는 우리들

꽃이여

빛이여

삶이여

생명이여

오, 마침내 피어나는

꽃잎

개화의 순간

감동으로 울고야 말았네

개화의 기쁨이여

바람처럼, 꽃잎처럼

바람 불 때마다 갈대는 쓰러진다
넘어진 갈대는 담담하게 일어선다
마치 아무 일도 없었다는 듯이
갈대의 끈실긴 힘을 느낀다

기후와 날씨를 결정하고 조정하는 바람의 힘
대기압의 수평과 수직 경도에 의해 태어난다
바람은 뉴턴 운동 제2법칙의 지배를 받는다
사과가 떨어지는 것이 아니라 힘의 균형이다
기압경도력, 코리올리 힘, 마찰력, 원심력, 중력
무서운 물리학 용어들이 바람을 두렵게 한다

바람의 종류는 참으로 다양하기도 하다
지균풍 경도풍 선형풍 지상풍이 몰아친다
듣지도 보지도 못했던 바람들이 곳곳에서 불어온다
대기대순환이 일어나고, 계절풍 국지풍 난류까지
이것이 어렵고 어렵다는 바람의 물리학이다

우리는 굳이 알 필요가 없다

우리는 바람을 피부로 느끼고, 코로 호흡하면 된다

거센 바람이 불어오면 살짝 피하면 된다

꽃잎을 떨어뜨리는 바람에는 가림막을 하면 된다

바람에 정면으로 맞서는 것은 어리석은 행위다

바람소리가 콸콸 쏟아지는 물소리와 섞이면 무섭다

쏴아아 휘리릭 몰아치며 더욱 거세지고

주변의 물상들을 날려버리는 거대한 바람의 힘

사랑하던 그대마저도 바람에 날려 보이지 않네

어디서도 그대 찾을 수 없으니 바람에게 물어야겠네

꽃 피어나는가

꽃은 늘 눈물 짓는다
세상의 아픔을 다 꽃잎에 담고
장대비가 내리면 내리는 대로
밤이슬이 낙하해 속삭이는 대로
여름비가 퍼부으면 또 그대로
담아서 또 다른 꽃을 피워내기 때문이다

꽃이 거센 폭풍우 속에서도 피어나는 것은
거친 세파 속에서도 생명이 피어나고
엄혹한 고난 속에서도 희망이 속삭이고
지겨운 역경 속에서도 성취가 있다는 것

꽃잎을 보면 모든 것을 알 수 있다
주변의 공기 탁해도 다 소화하고
하늘의 구름이 어지러워도 품어주고
수증기로 증발하는 물도 흠뻑 적셔주고
꽃은 찰나의 순간을 영원의 회업으로 만든다

사랑하는 이들이 서로 건네는 꽃잎
비록 캄캄한 밤일지라도 함께 건넌다네
소나무숲의 송진향기가 세상을 밝혀주고
장미꽃은 그 향기를 담아 위대함을 보여주네

뜨거운 열정으로 마침내 세상을 빛내는 꽃잎
냉담하던 이들의 소원한 관계마저도
따스한 눈빛의 교감으로 만들어내는 위대한 힘
꽃은 드디어 피어나고
세상은 더욱 아름답고 밝아지네

진달래 봄

그 연분홍빛 색조에 내 마음은 불탄다
조용했던 산길 비탈에
영혼이 불타오르고
가지를 물들이는
진달래꽃의 마술이 시작된다

차마 다가가기 힘든 절벽 오지마다
두견새가 밤새 울어 절절이 피를 토한
진달래에 반한 내 온몸은 마비상태네
눈빛은 불타오르는 정열로
온몸은 아름다움에 전율이 이네

사월이면 잎보다 먼저 피는 꽃들의 향연
가지 끝 곁눈에서 꽃잎들이 하나씩 나온다
하나인가 했더니 어느새 쑥쑥 고개를 든다
두 개, 세 개, 네 개, 다섯 개……

깔때기형 화관에는 여왕의 이름이 절로 새겨진다
자홍색에서 연분홍색, 홍색, 붉은 색까지
아름다운 그 빛깔에 눈이 부시네
털 달린 꽃잎에 가장자리 갈라짐도 신비롭네

10개 수술이 꽃의 신비함을 만방에 선포하고
수술보다 훨씬 긴 한 개 암술은 도도하기만 하네
그 화려하고 처연한 아름다움에 온몸이 녹아드네
화전花煎 한 판, 두견주 한 잔에 무릉도원 되었네

뒷산 계곡에는 꽃잎들이 흩어지고
연분홍 꽃잎으로 그대 이름을 쓰네
황홀한 연정을 이기지 못해 쓰러지고
가슴이 눈부신 꽃잎으로 두근두근 약동하네

진달래꽃이 지천으로 피어나는 밤이면
온 우주가 천둥과 번개, 우뢰로 축하하고

화답한 꽃잎들은 우주를 향해 활짝 피어나네
우리 삶에 열정과 꿈을 불어넣은 꽃

내 사랑 진달래어

8부

지구촌과
더불어 살기

활짝 개었다

활짝 개었다
환히 웃었다

훌쩍 커버렸다
세상을 알아버렸다

눈이 부신 아침햇살
까닥까닥 흔들리는 오후 선잠
심장 가득한 저녁노을

그래서 미소 가득
그래서 생기 발랄
그래서 환희 넘실

그대를 만났다
진실을 알아버렸다
이브의 사과를 먹었다

지구는 그래도 빙빙 자전공전

산천은 푸른 산빛으로 채색했다

지상은 그래도 아름답게 빛난다

우리 삶은 더욱 아름답게 커간다

글을 쓴다는 것

글을 쓴다는 것은
뇌 속을 속속들이 긁어내는
거대한 노동이다
한 글자 한 글자
받침 하나 하나, 여백 한 칸 한 칸
위대한 문장이 생산됐다

밤새 전전반측 고민의 끝
무엇을 쓸지를 놓고
어떻게 표현할지를 놓고
무슨 단어를 끌어올지를 놓고
동동거리며 고뇌하며 새버린 밤

글쓰기는 고해를 걷는 것이다
내 생명의 모든 근원을 끌어들이고
평생 경험한 모든 일들이 동원되고
모든 창의력을 끌어 모으는 영끌의 길

정답은 텅빈 백지로 낼 수밖에 없다
왜냐하면 인생사에 정답은 없기 때문
하나씩 고민하며 빈 여백을 채운다
그러나 정답과는 거리가 먼 오답투성이

글쓰기에는 무수한 고민의 바다가 놓여 있다
무수한 고전, 교과서, 참고서 모두 꺼냈지만
그곳에서는 삶의 지혜도 정답도 없다
늘 무엇을 쓸까 고민만 하며 어느새 밤을 샌다

단어 하나의 선택에도 기진맥진한다
적합한 표현은 늘 오리무중
비유와 은유, 직유와 상징도 오락가락
귀갑과 수골에 쓰인 갑골문보다 난해하네

수백 년 공적을 쌓아야 단어 하나 나온다는데
글이 늘 멈추는 것은 업보가 많다는 것

마음은 흔들리고, 손끝 역시 좀체 움직이지 않네
늘 밤을 하얗게 새도 텅 빈 원고지는 그대로네

인생을 남은
철학과 신념을 담은 글
그런 글이 우리 목표일까
암기하고 조합하는
그런 기계적인 글은 싫다니까
수많은 고민과 고뇌의 시간을
담금질하고 경험한 조련된 글
인생의 향기와 고뇌의 결실
그 정수를 바구니에 가득
담고 싶다

좋은 글은
인문학과 철학적 사고에서 출발한다
풍부한 경험과 창의적인 사고

목숨을 건 치열한 글쓰기 훈련

언젠가는 자신 있게 내놓을 글을 쓰리라

인간적인, 너무나 인간적인

인간이라는 것이 너무나 부끄러운 오늘
거짓과 기만, 음모와 비방으로 가득한 언어들
살인과 방화, 사기와 음해, 강도와 강간
온갖 범죄도 부끄럼 없이 저지르는 그런 사회

속물적인 타산과 군림하는 기득권의 성벽들
온갖 음해와 계략이 도사린 무섭고 징그러운 세상
과장된 절대성의 가면을 거침없이 벗으라
진실을 향해 우리를 해방하려는 자유로운 세상이여

진리를 찾는 호기심 가득한 열정의 눈동자들
백마 타고 오는 초인의 도래를 기다리리
실천적이고 창조적이길 바라는 자유정신을 꽃피우리
고뇌하는 개인들이 세상을 바꾸는 변혁의 날 기다리네

무한의 바다, 꿈의 바다

바다로 가면 현실을 떠나게 된다
파도가 높고 가파르게 몰아쳐온다
파도를 타고가면 상상의 세계가 펼쳐진다
해변의 모래사장도 생의 희로애락을 전한다

그대는 아는가
모든 것을 쓸어버리는 바다의 힘
육지에서 시작해 심해까지 연결되는
오대양의 고비마다 생사의 기로가 놓였음을

바다의 거센 파도와 쉼 없는 해일이여
바다의 위세에 저항할 자 감히 누군가
수평선 너머 무지개가 걸리는 순간
포세이돈의 창도 내려놓고 안식을 취하네

그대는 알고 있는가
영원의 행로를 열어준 위대한 바다

무한의 바닷가에 생의 표상이 걸리는 길
어둡고 막막해 보이는 길에 빛이 쏟아지네

바닷가에 반짝반짝 별빛이 쏟아진다
바다위에 은은하게 달빛이 세상을 빛낸다
일출에 이어 일몰까지
우리의 생은 태어남과 죽음을 반복한다
그 바다의 끝을 보라
수평선 끝에는 인간의 한계를 알리는 종소리
구름과 구름을 잇는 여명의 순간들
바다는 넉넉하게 모두를 품고 흘러간다

우리 생이 생로병사의 고해를 지나
고통과 외로움의 터널을 지나
고뇌와 슬픔의 대장정을 마치는 순간까지
무심하게 유유하게 흘러가네
저 멀리 하늘에 별과 달, 유성이 춤추고

노래하고 버티는 것은 생을 고양한다

토론하고 소통하는 것은 삶을 부추긴다

바닷가에 오면 인간은 고독해지고

더불어 스스로 성찰하며 감동을 만들어낸다

나를 멀리 인식의 바다로 이끌어주는 파도여

바다의 위대함을 온몸으로 느낀다

인연

아제아제 바라아제
바라승아제 모지사바하
보고 듣는 그대로 행할지니라
이 언덕에서 지 언덕으로 가자
이 골짜기에서 저 골짜기로 가자

일체의 번뇌를 버린 열반의 언덕
부처님의 세계일까
부처님의 경지일까
오
중생의 세계에서
부처님의 세계로 나아가자

두 손을 곱게 모은 채
신발을 굳게 신고
산하를 걷는다
풀꽃이 내 발바닥을 간질인다

이슬을 머금은 산길은 길기만 하다

사랑과 미움, 갈등과 슬픔

애타느라 세월을 잊어버렸다

오 사랑이여, 슬픔이여,

우리 인연의 길은 멀지 않구나

이 언덕에서 저 언덕으로 가자

이 골짜기에서 저 골짜기로 가자

눈물 흘리고

슬픔에 잠기고

아픔 담아서

남루한 인생을 돌아본다

회자정리會者定離 거자필반去者必返

색불이공色不異空 공불이색空不異色

색즉시공色卽是空 공즉시색空卽是色

우리의 만남 차마 소중하여

그 언덕에서 기필코 만나리라

열차를 타다

서울역에서 출발해 평양을 거쳐 신의주로 간다
신의주에서 물 한 모금 축인 뒤
베이징을 향해
블라디보스톡을 향해
우리의 철마는 질주한다

우리는 쉼 없이 대륙으로 내달린다
잠깐의 휴식도 없이 폭풍처럼 몰아친다
막혔던 길이 철마로 뚫리고
해방 후 분계선으로 봉쇄됐던 마음들
철마와 함께 영원을 향해
달려나간다

민족의 심장을 뜨겁게 달군
위대한 철마의 행렬에
종점이란 있을 수 없다
시베리아를 거쳐 유럽대륙을 내처 달리고

파리의 개선문도, 런던의 빅 벤도
한반도발 철마와 함께 환호한다

열차는 우리 한민족의 꿈을 실었다
객차에는 한 맺힌 우리의 대지가 숨 쉰다
우리 땅을 상징하는 한반도기도 푸르게 빛난다
빛의 속도로 달리는 순간
핑 도는 눈물 우리는 모두 하나다

열차는 시인의 시심을 가득 담는다
열차는 성악가의 음률을 외쳐 부른다
열차는 화가의 붓칠로 세례 받는다
헤어졌던 이웃이 정겹게 다가온다
미워하던 친구가 두 손을 건넨다
적대하던 그들이 화합의 미소를 건넨다
참으로 기나긴 시간이었다
갈라진 한민족이 열차로 화해하고

곳곳의 터널과 가교, 악천후에도
사랑과 화합의 잔을 건넨다

부푼 가슴과 소망으로
열차를 타고 내리며 건네는 따뜻한 기운들
그대들이 있어서
우리는 머나먼 반만년 역사의 길을 달려왔다

저 별빛을 철로에 담아
저 달빛을 철마에 새겨
우리의 사랑은
다시 뜨거운 열정을 키워나간다
철마의 꿈이여, 소망이여

초록향기

산길을 걷다 보면 푸르름에 눈이 멀게 된다
들길을 가다 보면 초록향기에 맘이 움직인다

신록의 향기가 곳곳에서 코끝을 간질이고
초록의 내음이 산길마다 오감을 자극한다

연녹색 이파리들이 순수의 열정을 전하고
진녹색 큰 잎들은 성숙한 정다움을 나누네
초록색 향기로 온 몸에 녹색불이 타오르네
초록색 훈기에 곳곳에 정겨움이 전해오네

지구촌 곳곳에도 초록의 물결이 일렁이네
아마존 밀림에는 수만 년 초록생명이 타오르고
지리산 산정에도 반만년 초록향기가 가득하네
백두산 천지에도 백년설 초록빛 반영 빛나네
알프스 지천에도 순백의 마음, 신록의 열정 춤추네

봄이 되면 산천을 뒤덮는 위대한 힘
들불처럼 황홀하게 타오르는 큰 위력들
싱그러움과 생명력이 눈을 황홀하게 하네

눈을 감아도 떠오르는 푸른 하늘에서
빨간 장미꽃을 빛나게 하는 초록 이파리여
우리 삶에 생명력을 불어넣는 그대 초록향기여

지구의 꿈

치열하게 살아온 46억 년의 세월을 돌아본다
중심인 태양으로부터 세 번째 행성이란다
얇은 대기층으로 둘러싸여 있는 살 만한 곳
지금까지 발견된 지구형 행성 중 가장 큰 그대

정확히는 45억 6700만 년이란 세월을 보낸
용암 활동이 활발한 지구는 부딪혔다
행성 테이아의 격렬한 충돌로 달을 낳았다
세상은 싸우면서 갈등하면서 조금씩 크는 법

중력은 그래서 지구의 또 다른 특성이다
또 다른 우주의 다른 물체와 서로 밀고 당긴다
태양과 지구의 자연위성인 달과의 상호작용들
지구와 달 사이 중력 작용은 조석 현상을 만든다

자오선과 적도 두 선분이 지구를 안는다
태양에서 지구까지 1억 5000만 킬로미터 거리

적도는 반지름이 6,378km, 참 넓고도 길구나
완전한 구^球가 아닌 회전타원체 형의 지구여

아름다운 행성이기에 외계인들이 탐낼 법한 곳
때로는 푸른빛, 초록빛, 갈색빛이 어우러진
곳곳에 전나무, 소나무, 자작나무, 떡갈나무들
여기저기 장미꽃, 목련꽃, 진달래꽃 활짝 피네

한라산 백록담에 정결한 정한수 가득하고
백두산 만년설에 청명한 눈무리 뒤덮었네
지리산 천왕봉에 황홀한 오색단풍 물들었네
오, 그대는 지구촌의 청초하고 아름다운 여신

우리 그대를 사랑하거니
우리 당신을 흠모하거니

우리 연정의 눈빛을 담아 보내고

우리 애정의 열정을 건네 드리니

그 청명한 하늘이
그 수려한 산하가
그 명징한 구름이
그 순백한 강물이

지구의 사랑임을 어제 깨달았네
지구의 열정임을 오늘 직감했네
지구의 희망임을 내일 깨우치네

푸르른 산세는 감동 가득한 열정
빠알간 단풍은 사랑 가득한 장관

오늘도 지구는
배려와 공감, 소통과 나눔 속에
더욱 아름다운 꿈을 꾼다

오, 우리의 집, 우리의 고향

내일은 더 많은 사랑을 키우리

슬픔의 집을 서성이다

세상을 슬픔의 집이라 했던가
늘, 삶의 현장은 눈물로 가득하다
아비의 눈물, 어미의 눈물
눈시울에 뜨거운 방울방울이 맺히던
그 새벽의 서정과 아픔을 똑똑히 기억한다
집에는 자식을 걱정하는
이 땅 이 시대 어미들의 아침이
늘, 그리움으로 분주하다
거리에는 허덕거리며 뛰어가는
이 아비들의 일
저녁을 잊은 채
땀방울로, 우울한 미래로 퇴색되고 있다
시지프스의 바위만큼이나 거대한
장벽과 어둠에 막혀
한 치 앞도 볼 수 없는 이즈음의 우리들

그래도

한 편의 오페라, 한 잔의 술

한 권의 시집, 한 조각의 사랑이 있기에

이만큼 단단하게 버틸 수 있는지 모르겠다

꽁꽁 언 몸 데웠던 아랫목의 온기여

얼마나 따뜻한 사랑과 낭만을 그리워했나

연분홍색 꽃 맺힌 모과나무여

순백담홍빛 꽃망울마다 진한 사랑 맺힐까

은은한 향기 뿜어내는 정감을 또 얼마나 그리워했던가

그래서 슬픔에도

눈물과 체념, 회한만이 아닌

기쁨과 환희, 열정의 고귀한 영혼이

배어 있으리라 믿었을 것이다

슬픔의 힘으로, 눈물의 힘으로

하루하루 버텨온 오늘

이 시대를 서성인다.

양곤의 친구여, 불꽃으로 부활하라

아름다운 나라, 인정과 풍요의 땅, 우정과 사랑의 땅 미얀마여
군부의 침탈, 파괴된 민주주의, 곳곳에 핏자국 낭자하네
분연히 일어선 시민들, 아, 총칼에 쓰러지고 끌려가네

죽음과 고통, 끝없는 고난의 행렬, 맨손으로 맞서네
오월광주의 친구들 손 내밀며 함께 뜨겁게 행진하네
마침내 이겨낸 군부독재, 목탁소리 승리의 함성 넘치네

오, 미얀마여, 오 열정이여, 아시아와 한국, 세계가 응원하네
오, 미얀마여, 오 자유여, 반드시 이룰 민주화의 불꽃이여
오, 미얀마여, 오 평화여, 함께 외치네, 부활하라, 부활하라!

우리 다 함께

어둡지만 가야 하리, 우리의 먼 길
힘들지만 이겨내리, 우리의 아픔
아프지만 일어서네, 우리의 기나긴 삶

우한에서, 대구로, 로마로, 오 도쿄여, 파리여, 뉴욕이여
재난으로 짓눌린 레퀴엠, 오 아픔이여, 죽음이여, 슬픔이여
잿빛 얼굴, 눈물 가득, 숨을 멎네, 슬픔 가득, 오 비통함이여

시련의 순간들, 고통의 눈물들, 코로나의 시간들
인류의 힘으로 함께 굳게 손잡고 나가리
한국이, 중국이, 미국이, 유럽이, 세계가, 지구촌이 하나가 됐네

오, 우리 함께 다리를 만드네
오, 우리 함께 무지개를 빛내네
오, 우리 함께 바이러스를 이겨내네
오, 우리 함께 은하수로 밝히리
오, 우리 아름다운 세상이여, 우리 다 함께, 우리 다 함께

한반도여

불러라 서울이여
평화의 소망을 염원하라
달리는 철마의 꿈,
달려라 철마여
외쳐라 평양이여
화해의 열망을 소리치며
다져가는 날틀의 힘,
다져가는 날틀아

서로 나눠라 휴전선이여
분단의 아픔을 끊어내고
통일 이룰 한민족이여.

한반도서 시작된
지구촌 평화의 꽃길이여,
마침내 이뤄낼 화해의 여정이여,
두 손 잡고 날아오르세,

평화통일 이뤄나가세

우리 한반도, 기쁨의 대지여

우리 한반도, 평화의 땅

불러라 서울이여

평화의 소원을 염원하라

달리는 철마의 꿈,

달려라 철마여

외쳐라 평양이여

화해의 열망을 소리치며

다져가는 날틀의 힘,

다져가는 날틀아

한반도서 시작된

지구촌 평화의 꽃길이여,

마침내 이뤄낼 화해의 여정이여

두 손 잡고 천상천하

날아오르세, 날아오르세
미소가득 평화통일 이뤄나가세
우리 한반도, 기쁨의 대지
평화의 땅, 우리 한반도여

삼일절 백년가

기미년 삼 월 일 일 한민족의 큰 기상이여
울렸다 세계사 빛낸 정의로운 외침이여
대한독립만세, 대한독립만세, 우리의 만세행렬
삼일정신 수호해온 백년의 기나긴 외침이여

극악한 고문 견뎌 피땀으로 지킨 독립정신
긴 세월 마다않고 대한독립정신 살려 왔네
식민지 동족상잔 군부독재 하세월을 견뎌왔네
백년세월 기해년 민주국가 촛불로 빛나리라 빛나리라

불렀어라 외쳤어라 꿈꿨어라 대한독립만세
고문해도 피흘려도 힘겨워도 외쳤어라
나라 잃은 고통과 뼛속 사무친 조국사랑
통한, 통곡 미루나무에 독립의 꿈 담았다네

또 다른 백년 긴 세월로 외쳐왔던 대한사람
이제는 한반도 평화통일의 길 내처 달리리

백두한라 이은 삼일정신 대륙철 우주로 날아가세

오, 한반도여, 또 다른 백년으로 함께 비상하세

온 세상에 연대와 협력, 사랑의 씨앗을 뿌린다면

세상은 연대와 협력을 통해 빛을 발한다
그렇게, 배려와 소통을 통해 살 만한 곳이 되는 거지

그럼에도 세상살이는 늘 파편투성이다
미얀마에는 군부쿠데타로 독재의 유혈극이,
우크라이나에는 침략군 러시아의 핏빛 행렬이,
튀르키예에는 강진으로 추락과 죽음의 연속,
어떻게 이런 비극이 일상처럼 일어날까

세상은 발전하지 않고 도리어 뒤로도 자주 간다
네피도의 조모아웅은 군부에 체포된 게 아닐까
키이우의 마리아는 아이들과 편히 잠잘 수 있을까
아데나의 무스타파는 파괴된 도시를 헤메지 않을까
지구촌 곳곳 불안과 공포, 전쟁과 폭력이 가득하다
세상은 늘 이렇게 모순과 역설투성이다

세상사는, 법은 늘 정의롭지만은 않다

인간 위에 군림하는 폭압적인 자들이 승리하고
타인을 억압하고 억누르는 자들이 군림하고
거짓과 술수, 음모 꾸미는 자들이 승승장구하는
현실의 불공정과 부조리는 더 기승을 부린다

그래서 세상은 상대의 말에 귀 기울여주고
서로의 존재를 인정해줘야 공생할 수 있다
상대를 인정하는 진지함과 겸허함으로 살아야 한다
대신 당당하고 치열하게 부딪쳐 이겨야 한다
그래야만 불의와 부정을 이기고 행복할 수 있다
이윽고 시를 읽고 오페라를 보며 차 한 잔,
생애 내내 예술의 힘에 절절히 감동해야 한다

함께 사는 세상
미워하기보다 사랑하기
비난하기보다 긍정해주기
질타하기보다 격려해주기

혼자만의 이익보다 상생의 길을 찾기
모순의 땅에서 더불어 추수하고 수확하기
마침내 사랑과 행복의 씨앗을 뿌리자
마침내 위대한 예술의 힘을 나누자

온 세상을 향한 따뜻한 소통과 공감,
비판과 해원의 시선들

김휴 | 시인, 문학평론가, 음악평론가

시인은 늘 깨어 있어야 한다. 세상만사 곳곳에 꼬치꼬치 캐고 들
어가야 한다. 온 동네 일이, 이 세상의 모든 사건과 사태가 자신의 일
인 것처럼 파고 들어가야 한다. 거기서 날카로운 감성과 촉이 발현되
고, 놀라운 정서적 감수성으로 물리적으로 또는 화학적으로 반응해
야 한다. 이를 빛나는 보석 같은 시어로 캐내 한 채의 집, 한 편의 작
품을 완성해야 한다.

참으로 힘들고 피곤한 직업일 수밖에 없다. 시인은 세상의 모든 일
에 관심을 갖고, 그 속에서 서정적이면서도 치열한 사유의 그물로 건
어 올린 언어와 운율을 통해 시대정신을 오롯이 담아내야 한다. 그가
다루는 단어 하나하나가 세상을 상징하고 대표하기 때문이다. 과거처
럼 사회현상이 단순할 때는 그다지 어려운 일이 아니었지만, 복잡다
단한 현대사회의 특성을 고려할 때 시인의 머릿속에는 슈퍼컴퓨터와

인공지능이 수만 대 이상 놓여도 연산 처리를 하기 쉽지 않을 것이다. 게다가 경제위기가 지속되면서 예술인들의 삶이 경제적 측면에서 곤궁할 수밖에 없다. 시인의 살림살이는 늘 넉넉지 않을 것이지만, 어차피 각오한 일 아니겠는가?

그래도 시인은 시를 쓴다. 매일매일 세상을 관찰하고, 날카롭게 서정적으로 서사적으로 치밀하고 가열차게 상징과 현실의 언어로 조립해 낸다. 정치, 경제, 사회, 지구촌, 우주를 포함한 삼라만상이 시인의 것이다. 언어를 조탁하고 메아리, 리듬, 하모니, 이미지, 시각, 회화, 감동과 정화작용을 빼곡하게 담아야 한다. 단 한 줄짜리 시일지라도 그 속에는 그 시대를 살아가는 인간군상과 시대정신이 가득 들어차 있다.

탄탄한 구성, 일상에서부터 세계사까지 섭렵하다

김홍국의 시는 시집의 구성부터가 남다르다. 그냥 서정적인 이야기를 전달하는 시인들이 모아 놓은 일반적인 시집과 다르다. 시집은 총 8개 작은 집들의 탄탄한 구성으로 이뤄졌다. 그 속에는 예술과 음악, 고양이와 꽃을 좋아하는 그의 낭만적 기질이 담겨 있고, 코로나19로 고통 받는 세상, 공정하고 평화로운 세상을 기원하는 그의 시각이 잘 드러난다. 일상의 아름다움은 지구촌 전체의 세계시민들과 더불어 행복하게 사는 그의 유토피아적, 코스모폴리타니즘과 휴머니즘의 열망과 이상으로 마무리된다.

1부 '코로나19, 절망과 희망의 보고서'에서는 지치고 힘든 이들을 위로하고, 전대미문의 팬데믹 사태로 고통 받는 이들과 소통한다. 2부 '공정의 길, 평화의 삶'에서는 공정과 정의, 민주주의와 평화의 가치를 거시적인 측면에서 다루고, 3부 '일상에서 꿈을 찾기'에서는 미시적인 삶의 편린을 하나씩 해부한다. 4부 '예술의 힘, 노래하라 세상이여'에서는 노래와 가곡, 클래식을 사랑하는 그의 예술 사랑이 하나씩 펼쳐진다.

5부 '위대한 삶, 아름다운 인생'에서는 그가 추구하는 삶, 그의 삶의 멘토들이 한 명씩 등장해 그가 살아가는 이정표가 되고 있음을 확인할 수 있다. 6부 '고양이와 춤추다'에서는 그가 집사로서 고양이를 안고 느끼는 행복감의 절정, 세심한 배려심과 가족의 일원으로서 사랑과 나눔을 함께하는 생명의 시심을 알 수 있다. 7부 '꽃들의 세상'에서는 늘 꽃을 사진으로 촬영하고 그 미학적 감성을 나누는 그의 자연을 통한 생명력과 강렬한 꿈을 볼 수 있다. 8부 '지구촌과 더불어 살기'에서 그의 문학적 성취는 전 세계로 지평을 확대하고, 세상 모든 사람들과 교감하고 소통하며 공생공영하려는 휴머니티 코스모폴리탄의 면모를 읽을 수 있다.

그의 시집 한 권에 전 지구와 우주가 담긴, 그야말로 거대한 미학적 성취를 담은 셈이다. 그가 언어를 통한 시적 건축으로 이뤄낸 아름답고 멋진 성취다. 물론 앞으로 가야할 길은 멀기만 한 대장정이다.

코로나 팬데믹, 그 아픈 상처를 치유하는 힐링의 시

김홍국의 시선이 특히 그렇다. 삼라만상을 꼼꼼하고 끈질기게 관찰하고 그 안에서 세상사에 대한 날카로운 비판의 칼날을 들이댄다. 물론 그 안에는 따뜻한 시선으로 연민과 배려의 정감을 건네는 그의 세심하고 정겨운 눈길이 잘 드러난다. 코로나19 팬데믹 사태로 고통받는 우리의 현실을 직접 스케치하고, 슬픔과 비통함, 거리두기와 비인간싱이 넘실대는 세상을 실타한다. 마스크로 닫힌 데다 사회적 거리두기의 장벽으로 인해 격리되고 소외된 탓에 인간적 거리두기까지 강요당한 현대인들에게 위로와 위안, 치유와 안전의 선물을 시에 담아 선사한다.

시는 시대의 산물이고, 시대정신의 반영이다. 김소월은 한恨의 정서를 담아 우리 민족의 감정과 희로애락을 시로 표현했고, 이는 '진달래꽃'과 같은 절창의 시를 낳았다. 윤동주는 음울하고 가혹한 시대에 진실한 자기성찰을 담아 순수하고 참다운 인간의 본성을 돌아보는 시를 '하늘과 바람과 별과 시'를 통해 남겼다. 청록파 시인들은 자연을 통해 엄혹했던 시대에 인간적 염원과 가치, 원시적 건강성, 애틋하고 소박한 향토적 정서, 한국적인 정신과 단아하고 섬세한 미의식을 통해 한국 시의 역사를 새롭게 했다.

그들처럼 김홍국의 시는 엄혹한 시대에 언어의 직격탄을 던지는 동시에, 시대정신을 관통하는 강인하고 단단한 고갱이를 시어와 시구를 통해 넌지시 내보인다. 지나치게 난해하고 고차원적인 상징과 현학의 세계를 멀리하고, 관찰자적 시점에서 사태를 냉철하게 살펴보고 직설적이고 솔직한 고백과 서술을 통해 문제를 풀어나간다. 저널리스트 출신이기에 사건사고에 민감하게 반응하고, 그것이 어떻게 시를 통해 형상화되고 시어를 통해 새로운 언어의 집을 짓는지를 고뇌한 결과로 보인다. 시인의 고통스럽고 험난한 길은 당연히 그에게 주어진 시대적 숙명일 것이다. 그래서 그는 냉엄하고 차디차며 비인간적인 현실에 맞서서 더욱 정련되고 세련되며 강인하고 시대정신을 담아내는 이 시대의 시를 써야하는 과제를 묵묵히 짊어진 수행자의 길을 가고 있는 것이다.

사회적 거리두기에 대한 보고서

그리워도 이렇게 떨어져 살아야 한다는 건
서로를 불신하고 경계해야만 한다는 것이야
함께 손을 잡을 수도, 안을 수도 없는 끔찍함이야
움직일 때마다 균이 출렁거린다는 건 두려운 일
바이러스 세상을 하나씩 깨닫는 건 고통과 형극의 길

말하는 것이 두렵고 무서운 일이 되어버린 현실

그대가 바이러스 덩어리일지 모른다는 극한공황 상황

의혹과 두려움 속에 당신을 감시해야만 한다는 것
입맞춤은커녕 서로에 대한 믿음조차 거둔다는 것

〈중략〉

오, 우리 영혼이여 심장이여
끝없이 흔들리고 아픈 시간들이여
더 떨어져 고뇌하고 연민하며 흔들리자
떨어지더라도 외톨이가 아닌 우리가 되길 빌며

그리움과 설렘, 온밤을 하얗게 새는 날
마침내 생각하는 인간, 고뇌하는 존재로 다시 선 시간
감사하고 희열하며 온몸으로 타오르는 재가 되네
낮의 기쁨 밤의 열정 잊고 긴긴 시간 참아내야 하리

그 이별의 시간에도 견딜 수 있는 건
위대한 사랑의 힘
서로를 뜨겁게 안아주자

그는 이처럼 '사회적 거리두기에 대한 보고서'에서 전대미문 인류 사상 최악의 바이러스 질병인 코로나19로 인한 인류의 고통을 생생하게 표현한다. 무섭고 두려워 만날 수도, 손을 잡을 수도, 안을 수도, 입맞춤할 수도 없는 공황과 공포, 고통과 형극의 시간을 경험한 우리들! 믿음도 사랑도 없이, 서로를 감시하고 거리를 둬야 하는 비인간적인 상황을 아파한다.

그러나 그는 그 참담하고 어두운 시간에도 인간성의 연대와 회복을 꿈꾼다. 그 고통의 시간 속에서 고뇌하며 그리워한 인간들이 마침내 위대한 사랑의 힘으로 서로를 뜨겁게 안아주는 시간을 만들어낼 수 있다는 시인의 믿음인 것이다. 시는 어둠과 고통의 시간을 넘어 희망과 사랑의 시간과 공간을 만들어내는 위대한 치유의 힘을 갖고 있다.

민주주의와 평화, 공정과 정의를 꿈꾸는 이상주의자

그의 시는 늘 이상사회를 꿈꾼다. 세상에 유토피아가 척박하고 메마른 우리 현실에서 가능할까? 말로는 사해동포주의, 함께 나누는 세상이라지만, 실제 현실은 냉정하고 냉혹하기만 하다. 다른 사람과의 경쟁에서 이겨야만 살아남아 승진할 기회가 생기고, 다른 사람을 눌러야 좋은 성적과 평점을 받고 승자가 돼야하는 세상을 그는 경멸한다. 서로의 손을 잡고, 뒤처진 약자와 함께 세상 사는 다리를 놓는 평화와 상생의 길을 꿈꾼다

평화를 향한 묵상

폭력이 없고, 전쟁이 없는 세상
독점도 없고 불평등도 없는 그런 세상
갈등이 사라지고, 대립이 없는 땅끝에서
그 땅에서 호흡하고 즐거움을 나누게 하소서

범죄도 없고 불공정도 사라진 곳
불편도 아픔도 기아도 슬픔도 잠재우고
시기와 질투, 배타와 배격이 없는 세상을 찾아
그 곳에서 함께 나누고 배우게 하소서

샬롬, 에이레네, 팍스, 휘핑, 샹티
sālom, eirēnē, pax, 和平, śānti
온 인류가 가슴으로 열망해온 평화의 대장정
온 세상 가득한 무지개빛 평화의 언어들이여

〈중략〉

평화의 문이 활짝 열린다면 얼마나 좋을까

분단의 38선 무너뜨리고 총칼 없는 통일세상 그리네

한반도에서 시작해 꽃피울 지구촌 평화의 대장정이여

평화는 전쟁과 기아, 공포로부터 자유로움을 꿈꾸는 사람들의 이상향이다. 세상의 갈등과 대립, 전쟁과 폭력을 멀리하고, 우호적이며 조화를 이루는 상태, 우정과 화합을 꿈꾸는 세상이다. 폭력과 전쟁, 죽음과 굶주림, 공포와 두려움에서 멀어져 고요하고 만족스러운 안온한 상황, 그곳에는 민주주의와 정의, 공정과 풍요로움이 가득하다. 인도의 성자 마하트마 간디의 말처럼 정의가 구현되어 사람답게 사는 세상, 사랑과 배려, 나눔과 행복이 가득한 평화의 세상을 지향한다.

그의 시 '평화를 향한 묵상'에는 다양한 인류가 사용하는 언어들이 등장한다. 영국, 프랑스, 독일, 스페인, 러시아, 베트남, 라틴어와 에스페란토어까지 전 세계가 꿈꾸는 평화의 행렬이 이어진다. 전쟁과 살육, 탐욕과 침략을 꿈꾸는 폭력지향주의자와 전쟁광을 제외하고, 평화롭고 행복하게 살고자 하는 인류의 꿈이 그의 시에 가득 담겨 있다. 지구촌의 평화를 향한 열망으로 모두와 함께 사는 세상을 지향하는 시심에는 인간의 내적인 평화와 함께 자연 및 우주와 조화롭게 살아가는 코스모폴리타니즘이 가득하다.

더불어 친절하고, 사려 깊고, 존중하고, 정의롭고, 다른 사람들의 믿음과 행동에 관용적이며, 호의적인 경향을 가진 평화로운 행동에는 정의, 건강, 안전, 안녕, 번영, 형평, 행운, 친근함과 배려심이 그대로 녹아 있어서, 다툼과 갈등, 대립과 전쟁을 피할 수 있는 잠재적이면서도 강력한 힘을 갖고 있다. 그의 시는 이를 한반도에서 시작해 지구촌 전체와 우주의 평화로까지 확장해 함께 나누는 대동세상으로 승화시키고 있다. 시가 가진 위대한 상상력과 꿈의 힘을 잘 보여준 셈이다.

고양이와 꽃과 함께 꾸는 봄햇살의 낭만과 시학

그는 인간과 자연에 깊은 애착과 애정을 보내며, 동물 특히 고양이를 온 몸으로 사랑하는 애묘가이자 집사이다.

고양이는 한국사회에서 많은 사람들에게 음산한 요물, 요괴와 마녀라는 선입견과 불길한 전조를 전하는 동물이라는 부정적인 시각도 있지만, 요즘 가장 많은 사랑을 받는 애완동물의 선두주자임을 그는 자랑스러워한다. 이집트에서는 고양이가 사랑과 풍요의 여신으로 사랑을 받고 있고, 러시안블루는 러시아황실의 경호대장을, 노르웨이숲은 왕실에서 가장 사랑받는 공주의 이미지를 가질 정도로 고양이는 세계인들의 사랑을 받고 있다.

고양이는 세상을 아름답게 하고 빛나게 하는 천사이자 공주이다. 시인 이장희는 '봄은 고양이로다'라는 시에서 "꽃가루와 같이 부드러운 고양이의 털에/ 고운 봄의 향기가 어리우도다// 금방울과 같이 호동그란 고양이의 눈에/미친 봄의 불길이 흐르도다"라는 묘사를 통해 고양이가 가진 사랑스러운 마법을 시로 승화시켰다. 김홍국의 고양이는 훨씬 더 현실적이고 직설적이며 의기양양하고 사랑이 넘친다. 고양이와 집사의 관계에서 시인은 고양이의 매력과 사랑, 생명력과 포근함, 늘 졸고 있는 듯하지만, 향기와 생기 어린 고양이에게 한없이 빠져든 영락 없는 집사의 모습을 보이고 있다. 고양이의 귀여운 모습과 하늘을 향해 쭉 뻗어나간 수염들, 무성한 털들, 둥그렇게 뜬 눈동자, 연하고 부드럽지만 까끌까끌한 혀와 날카로운 발톱들, 시인은 시가 된 고양이에게 감탄과 사랑의 세레나데를 연신 부르고 있다. 위대한 고양이의 힘이다.

고양이 찬가

야옹 야옹 야아옹 야아옹 야옹야옹야옹

꿈을 꾸는 눈동자 빛난다
그의 털은 하늘을 나는 양탄자
사랑을 전하는 행복의 전령사
하품하는 입술마다 소망이 넘실대네

고양이는 바람이다, 불어오는 야옹
고양이는 꿈이다, 졸면서도 야옹

고양이는 연이다, 하늘에 걸려 야옹

연인처럼 야옹야옹야옹
친구처럼 야아옹야아옹
사랑으로 야옹야옹야옹
우정으로 야아오야아오

〈중략〉

야옹야옹 냥이에게 사랑을
야옹야옹 냥이에게 기쁨을
야옹야옹 냥이에게 행복을

꿈을 여는 아름다운 존재여, 사랑이여
야옹 야옹 야옹 야아아옹 야아아옹 야옹~

더불어 그는 꽃을 사랑한다. 그의 눈에 포착되지 않는 꽃은 존재
하지 않는다 말할 정도로 수많은 꽃을 직접 사진으로 찍고, 시로 형
상화시켰다. 그는 늘 꽃을 찾는다. 그의 눈에는 장미와 목련, 구절초
와 백양목, 화살나무와 원추리, 코스모스, 거리 곳곳에 피거나 산책

로, 등산로에 활짝 미소 짓는 꽃들이 그의 시심과 낭만으로 가득하다.

꽃은 늘 시인의 가슴을 풍성하게 하는 대표적인 시 작품의 단골 소재였다. 김소월은 진달래꽃을, 김춘수는 추상적인 의미의 꽃을, 정호승·안도현·도종환 등도 꽃을 제목으로 시를 썼다. 특히 안도현은 봉숭아꽃과 제비꽃, 진달래꽃, 도종환은 접시꽃과 사과꽃, 나태주는 풀꽃, 정호승은 수선화, 곽재구는 매화꽃과 수선화꽃, 김용택은 살구꽃과 개나리꽃, 고재종은 사과꽃을 쓰는 등 꽃은 시인들이 애용하는 단골소재였다.

김홍국도 꽃을 사랑하고 꽃으로 시를 쓴다. 그는 손톱만큼 작은 유홍초와 고수꽃부터 화사한 장미와 튤립, 국화와 구절초, 보이는 꽃들마다 사랑과 애련의 눈길을 보낸다. 늘 스마트폰으로 꽃들을 촬영하고 그 아름다움을 감상하기에, 그의 스마트폰은 형형색색의 꽃들이 화사하게 피어난 화려한 정원처럼 보일 정도다. 과거에는 DSLR과 무거운 카메라 몇 대를 들고 다니며 사진을 찍었지만, 영상과 가상의 세계가 디지털화된 요즘은 스마트폰만으로도 멋진 사진이 만들어진다. 때로는 영롱한 꽃망울이 피어나고, 파노라마의 전경이 되기도 하고, 광각과 망원의 세계가 펼쳐진다. 그 사진들은 한 편의 시, 또 하나의 예술작품으로 재탄생해 가상의 공간과 SNS 세상을 아름답고 감동적으로 장식한다.

사과꽃 편지

사과꽃이 아련하게 피어난다
흰색, 분홍색, 초록색이 섞인
그야말로 가슴을 아리게 하는 꽃망울
우리 모두 한마음으로 모여
빛나는 사과꽃으로 피어나면 좋겠다

사과나무 가지마다 햇살이 걸렸다
햇살은 눈부셔서 바라보기도 힘든 광채가 있다
가지에는 푸른 연록색의 이파리들이 춤을 춘다
사과열매가 맺힌 가지마다 햇살로 탄탄해진 근육들
사랑 담은 봄바람으로 더 힘차게 그네를 탄다

〈중략〉

사랑과 소망, 과육에 생명수가 담겼다
한 해를 수확하는 농군의 마음에는
사랑과 생명, 사과의 꽃말이 그대로 서렸다
신이 전령으로 임명한 사과꽃 편지마다

따뜻하게 전해지는 우리의 사랑이여

일상의 아름다움을 추적하는 날카로운 시선들

일상은 늘 평범하고 나른하다. 따분하고 지루하다. 늘 무력한 자아와 억압된 정신세계에 대해 고뇌하는 것이 예술이고 문학이다.

그래서 예술가는 늘 일상에서 탈피하고자 한다. 대표적인 초현실주의 시인 이상은 그의 시 '오감도'에서 육체적 정력의 과잉, 발산되어야 하면서도 발산되지 못한 채 억압된 리비도[libido]의 발작으로 인한 자의식 과잉을 보여주며, 대상을 정면으로 다루지 못하고 역설적으로 파악하는 시적 공간이 적나라하게 펼쳐진다. 청록파는 현실을 도피해 자연으로 떠나고, 많은 시인들이 현실과는 괴리된 세상에서 자신의 예술정신을 구현하고자 한다.

그러나 김홍국의 시는 다르다. 현실을 있는 그대로 받아들이고, 담담하게 소통한다. 평범하고 답답하지만 그 속에서 삶의 진정한 아름다움, 겉모습에 감춰진 인생의 고갱이를 그대로 뽑아낸다. 때로는 불편하고 거부하고 싶은 것들, 화나고 욕해주고 싶은 것들, 슬프고 고통스러운 것들, 안타깝고 애처롭고 분통터지는 현실을 그대로 두고 넘어가지 않는다.

그렇다고 그의 시는 무작정 전면전을 펼치거나 상대와 끝 모를 긴 싸움에 나서지도 않는다. 문제의 본질을 하나씩 하나씩 분석하고 헤

집어보면서, 어디서 문제가 출발했는지를 꼬치꼬치 캐묻고 따져 묻는다. 흥분하거나 화를 내지 않는 그의 어조는 차분하고 안정적이다. 그러나 그 안에는 그야말로 깊이와 길이를 알 수 없는 비수가 날카롭게 꽂혀 있다. 그 물음의 와중에 진실이 사실인 진면목이 드러나는 것이다. 역사와 진실의 무거운 힘을 이용해 사안의 본질과 문제점, 현실의 대안과 해법을 찾아가는 것이다.

예술이, 문학이, 시가 식설적으로 갖는 힘은 약할 수밖에 없다. 총칼이나 슈퍼컴퓨터, 인공지능보다는 약한 것이 현실이기 때문이다. 그러나 그 본질을 짚어내고 추적하고 답을 찾는 힘은 무궁무진하다. 어떤 탄압이나 압박, 경제적 압력 속에서도 예술이 지닌 힘, 시가 가진 미학적 잠재력은 우주의 어떤 법칙이나 물체보다 강력하다. 김홍국의 시는 그런 시대정신을 추적하고 탐구하고 밝혀내는 데 유효한 무기가 되고 있다. 일상은 매순간 힘들고 고통스럽지만, 이를 이겨내고 극복하는 힘은 온 우주를 뒤흔드는 엄청난 파괴력과 잠재력, 영향력으로 세상을 변혁시키고 바꾸면서 더 살기 좋은 세상을 만들고 있다.

슬픔의 집을 서성이다

세상을 슬픔의 집이라 했던가
늘, 삶의 현장은 눈물로 가득하다

아비의 슬픔, 어미의 눈물
눈시울에 뜨거운 방울방울이 맺히던
그 새벽의 서정과 아픔을 똑똑히 기억한다
집에는 자식을 걱정하는
이 땅 이 시대 어미들의 아침이
늘, 그리움으로 분주하다

〈중략〉

슬픔의 힘으로, 눈물의 힘으로
하루하루 벼려온 오늘
이 시대를 서성인다.

세계사를 응시하며 꿈꾸는 평화와 공영의 세상

김홍국의 시를 읽다 보면 그는 코스모폴리탄, 온 세상을 포용하며 함께 지구촌의 민주주의와 평화, 자유와 진실의 가치를 추구하는 이상주의자라는 것을 알게 된다. 그의 시야는 국가와 민족, 역사에만 머물지 않고, 늘 세계 곳곳에서 펼쳐지는 인류의 삶과 현실에 깊은 관심을 표한다.

세상은 온통 모순투성이고, 약육강식이 지배하는 밀림의 정글자

본주의, 군사력이 주도하는 폭력적 강압주의, 야욕과 침략의 군사주의로 가득하다. 미얀마의 군부쿠데타, 러시아의 우크라이나 침공 등 총칼과 기관총 탱크 등 군사력을 가진 강자들이 폭력과 범죄를 정당화하는 세상이다. 평화주의를 주창한 칸트, 비폭력주의를 외친 간디, 국제자결주의를 외친 월슨 등의 목소리가 크건만, 우리 현실은 참으로 강퍅하고 처절하기만 하다. 불공정과 부조리, 부정한 무리들이 온갖 횡포와 만행을 벌이고 있지만, 평화와 자유, 민주주의를 희구하는 시민들은 늘 약하고 여리기만 하다.

그의 시는 그런 세상사에 대해 때로는 연민의 눈길을, 때로는 분노의 질타를, 때로는 치열한 해법을 모색하는 문학적 상상력을 극대화한다. 그냥 화내고 분노하고 분풀이하는 데 멈추지 않고, 어떻게 전 세계의 연대와 협력을 통해 살기 좋은 세상을 만들 것인지를 고뇌하고 고민한다. 그래서 그의 시에서는 세상을 향한 따뜻한 애정, 휴머니즘과 코스모폴리타니즘, 열정과 꿈이 꿈틀거리며, 타오르는 찬란한 빛을 찾아간다.

온 세상에 연대와 협력, 사랑의 씨앗을 뿌린다면

세상은 연대와 협력을 통해 빛을 발한다
배려와 소통을 통해 살 만한 곳이 된다

그럼에도 세상살이는 늘 파편투성이다
미얀마에는 군부쿠데타로 독재의 유혈극이,
우크라이나에는 침략군 러시아의 핏빛 행렬이,
튀르키예에는 강진으로 추락과 죽음의 연속,
어떻게 이런 비극이 일상처럼 일어날까

〈중략〉

함께 사는 세상
미워하기보다 사랑하기
비난하기보다 긍정해주기
질타하기보다 격려해주기
혼자만의 이익보다 상생의 길을 찾기
모순의 땅에서 더불어 추수하고 수확하기
마침내 사랑과 행복의 씨앗을 뿌리자
마침내 위대한 예술의 힘을 나누자

긍정주의와 낙관주의를 만들어내는 위대한 시의 힘

　김홍국의 시에는 긍정주의와 낙관주의, 휴머니즘과 인류애가 가득
들어있다. 읽다보면 어느새 세상에 대한 애정이 생기고, 더 살아서 멋

지게 꿈을 펼쳐보겠다는 희망도 생겨난다. 실제로 김홍국은 늘 미소를 짓고, 주변 사람들에게 먼저 인사를 건네는 예의바른 시인이다. 남들에게 무관심하고 자신의 예술세계에만 탐닉하고 집착하기 때문에 스스로의 감정에 충실한 예술가들과는 다르다. 그래서 그와 있으면 안심이 되고, 기분이 좋아지고, 함께 나누는 이야기에도 더욱 애정이 간다. 흔히 말하는 호남아다.

그렇다고 해서 그는 사람 좋음에 머물지 않는다. 강인하고 지열하고 열정적인 성품이 그대로 시에 투사된다. 정의와 진실을 추구하되, 불의와 불법에는 곧바로 맞서서 싸우고, 바른 길이라면 불이익을 감수하고라도 이에 맞서 승리를 쟁취해낸다. 유치환의 시 '바위'에 등장하는 "비와 바람에 깎이는 대로/ 억년 비정의 함묵에/ 안으로 안으로만 채찍질하여……꿈꾸어도 노래하지 않고/ 두 쪽으로 깨뜨려져도/ 소리하지 않는 바위가 되리라"와 같은 그런 바위 같고 금강석 같고 우주와 같은 세상을 추구한다. 정치적 갈등, 이념적 대립, 경제적 궁핍, 사회적 혼란 등과 함께 개인적인 어려움과 간난신고를 극복하고, 함께 사는 행복한 세상을 꿈꾸고 실천하고 성취해낸다. 그 과정에서 시는 그 같은 마음을 다잡고 세상을 문화와 예술의 힘이 가득한 소통의 공간으로, 따뜻한 사랑과 웃음이 가득한 살기 좋은 공간으로 탈바꿈한다.

바위처럼

흔들리지 말아야 한다
당당하게 버려야 한다
내 모든 걸 바쳐 지켜온
철학과 가치, 소명이여
꿈과 소망, 열정이여

〈중략〉

바위처럼 당당하게 버릴 일이다
바위처럼 단단하게 살 일이다
바위처럼 위대한 길을 열어갈 일이다

그의 시가 가야 할 길, 그리고 사족들

김홍국의 시는 진실과 사실의 세계를 추구하고, 그러면서도 담백
하고 소박하다. 현실의 생생함에서 자신의 사고를 시작한다. 현학적이
고 고차원적인 담론, 잘난 척하는 글재주꾼의 면모보다는 한 줄 한
줄에 담긴 진실성과 세상을 향한 진득하고 끈질긴 애정이 시 세계를
풍성하게 한다.

그런 측면에서 좀 더 확장되고 생생한 상상력과 창의력이 깃들여 진다면 시의 지평이 더욱 확산될 것이다. 상징과 알레고리, 비유의 세계를 개척하는 것도 좋겠고, 해학적이고 직설적인 표현을 사용하는 것도 의미가 있을 것이다. 좀 더 우리 가슴속에 깊숙이 파고 들어오는 울림, 톡 쏘는 맛, 도발적이고 자극적인 조미료를 시 속에 조금이라도 첨가하면 시의 재미가 달라질 것이다. 그런 묘미가 깃들인다면, 지금처럼 시대정신과 역사의식을 담아 진실한 예술의 길을 걷는 그의 시작 대장정에 또 다른 역사가 열릴 것이다.

더욱 다양해지고 풍성해지는 21세기 대한민국의 시단은 순수예술과 출판계가 사상 최악의 위기를 넘기는 가운데서도 기성시인들과 중견시인, 신예시인들이 각양각색의 예술조류를 만들며 새로운 길을 만들고 있다. 다른 예술분야가 K-무비, K-팝, K-드라마, K-클래식 등 다양한 세계적 활동을 하는 가운데, 한국의 시도 세계의 시단을 이끄는 작품성과 리더십을 갖추면 어떨까? 김홍국의 시가 더욱 풍성하고 풍요롭게 한국의 K-시 조류를 주도해주면 좋겠다. 시단뿐 아니라 다양한 예술장르가 힘을 모아 세계예술사의 역사를 바꾸는 위대한 한국 예술의 시대를 열어주길 기대한다.